雅典文化

TO

韓檢
中級必備

單字沒背熟，文法沒弄懂，你敢上考場應試嗎？

韓檢證照
一本搞定！

+MP3
附40音發音表

單字+文法

一次解決中級所有必備單字及文法，
韓檢證書輕鬆入手！

想要通過韓國語文能力測驗，你需要紮實的基礎語文能力，也就是單字的認識量，以及對文法的理解力，唯有具備了這兩種能力，才有機會通過測驗。

本書從韓國語文能力測驗官方所公布的單字以及歷屆韓語檢定考題最常出現的文法，精心網羅了常出、必出、一定要懂的中級單字與文法。

每個單字和文法都有幫助理解的例句，不但可以加深對單字的印象，更可以提升文法的應用能力，再配合上朗讀MP3來加強聽力，這絕對是你通過考試的最佳幫手。

雅典韓研所｜企編

韓文字是由基本母音、基本子音、複合母音、氣音和硬音所構成。

其組合方式有以下幾種：

1.子音加母音，例如：저(我)
2.子音加母音加子音，例如：밤（夜晚）
3.子音加複合母音，例如：위（上）
4.子音加複合母音加子音，例如：관（官）
5.一個子音加母音加兩個子音，如：값（價錢）

簡易拼音使用方式：

1. 為了讓讀者更容易學習發音，本書特別使用「簡易拼音」來取代一般的羅馬拼音。
   規則如下，
   例如：
   그러면 우리 집에서 저녁을 먹자.
   geu.reo.myeon/u.ri/ji.be.seo/jeo.nyeo.geul/meok.jja
   ----------普遍拼音
   geu.ro*.myo*'n/u.ri/ji.be.so*/jo*.nyo*.geul/mo*k.jja
   ------------簡易拼音
   那麼，我們在家裡吃晚餐吧！

   文字之間的空格以「/」做區隔。
   不同的句子之間以「//」做區隔。

基本母音：

	韓國拼音	簡易拼音	注音符號
ㅏ	a	a	ㄚ
ㅑ	ya	ya	ㄧㄚ
ㅓ	eo	o*	ㄛ
ㅕ	yeo	yo*	ㄧㄛ
ㅗ	o	o	ㄡ
ㅛ	yo	yo	ㄧㄡ
ㅜ	u	u	ㄨ
ㅠ	yu	yu	ㄧㄨ
ㅡ	eu	eu	(ㄜ)
ㅣ	i	i	ㄧ

特別提示：

1. 韓語母音「ㅡ」的發音和「ㄜ」發音類似，但是嘴型要拉開，牙齒要咬住，才發的準。
2. 韓語母音「ㅓ」的嘴型比「ㅗ」還要大，整個嘴巴要張開成「大O」的形狀，「ㅗ」的嘴型則較小，整個嘴巴縮小到只有「小o」的嘴型，類似注音「ㄡ」。
3. 韓語母音「ㅕ」的嘴型比「ㅛ」還要大，整個嘴巴要張開成「大O」的形狀，類似注音「ㄧㄛ」，「ㅛ」的嘴型則較小，整個嘴巴縮小到只有「小o」的嘴型，類似注音「ㄧㄡ」。

基本子音：

	韓國拼音	簡易拼音	注音符號
ㄱ	g,k	k	ㄎ
ㄴ	n	n	ㄋ
ㄷ	d,t	d,t	ㄊ
ㄹ	r,l	l	ㄌ
ㅁ	m	m	ㄇ
ㅂ	b,p	p	ㄆ
ㅅ	s	s	ㄙ,(ㄒ)
ㅇ	ng	ng	不發音
ㅈ	j	j	ㄗ
ㅊ	ch	ch	ㄘ

特別提示：

1. 韓語子音「ㅅ」有時讀作「ㄙ」的音，有時則讀作「ㄒ」的音。「ㄒ」音是跟母音「ㅣ」搭在一塊時，才會出現。
2. 韓語子音「ㅇ」放在前面或上面不發音；放在下面則讀作「ng」的音，像是用鼻音發「嗯」的音。
3. 韓語子音「ㅈ」的發音和注音「ㄗ」類似，但是發音的時候更輕，氣更弱一些。

氣音：

	韓國拼音	簡易拼音	注音符號
ㅋ	k	k	ㄎ
ㅌ	t	t	ㄊ
ㅍ	p	p	ㄆ
ㅎ	h	h	ㄏ

特別提示：

1. 韓語子音「ㅋ」比「ㄱ」的較重，有用到喉頭的音，音調類似國語的四聲。
   ㅋ＝ㄱ＋ㅎ
2. 韓語子音「ㅌ」比「ㄷ」的較重，有用到喉頭的音，音調類似國語的四聲。
   ㅌ＝ㄷ＋ㅎ
3. 韓語子音「ㅍ」比「ㅂ」的較重，有用到喉頭的音，音調類似國語的四聲。
   ㅍ＝ㅂ＋ㅎ

複合母音：

	韓國拼音	簡易拼音	注音符號
ㅐ	ae	e*	ㄝ
ㅒ	yae	ye*	一ㄝ
ㅔ	e	e	ㄟ
ㅖ	ye	ye	一ㄟ
ㅘ	wa	wa	ㄨㄚ
ㅙ	wae	we*	ㄨㄝ
ㅚ	oe	we	ㄨㄟ
ㅞ	we	we	ㄨㄟ
ㅝ	wo	wo	ㄨㄛ
ㅟ	wi	wi	ㄨ一
ㅢ	ui	ui	ㄜ一

特別提示：

1. 韓語母音「ㅐ」比「ㅔ」的嘴型大，舌頭的位置比較下面，發音類似「ae」；「ㅔ」的嘴型較小，舌頭的位置在中間，發音類似「e」。不過一般韓國人讀這兩個發音都很像。

2. 韓語母音「ㅒ」比「ㅖ」的嘴型大，舌頭的位置比較下面，發音類似「yae」；「ㅖ」的嘴型較小，舌頭的位置在中間，發音類似「ye」。不過很多韓國人讀這兩個發音都很像。

3. 韓語母音「ㅚ」和「ㅞ」比「ㅙ」的嘴型小些，「ㅙ」的嘴型是圓的；「ㅚ」、「ㅞ」則是一樣的發音。不過很多韓國人讀這三個發音都很像，都是發類似「we」的音。

硬音：

	韓國拼音	簡易拼音	注音符號
ㄲ	kk	g	ㄍ
ㄸ	tt	d	ㄉ
ㅃ	pp	b	ㄅ
ㅆ	ss	ss	ㄙ
ㅉ	jj	jj	ㄗ

特別提示：

1. 韓語子音「ㅆ」比「ㅅ」用喉嚨發重音，音調類似國語的四聲。
2. 韓語子音「ㅉ」比「ㅈ」用喉嚨發重音，音調類似國語的四聲。

*表示嘴型比較大

序 言

　　韓文的學習在台灣有越來越興盛的趨勢，台灣對韓語人才的需求也日漸提高。身為具有外語專長的你，需要一些證照來證明自己的能力。

　　TOPIK—在台灣唯一舉辦的韓國官方語文能力測驗。不管你是要去韓國留學、或是想要找韓國企業以及與韓語相關的工作，TOPIK的證照絕對是你一定要入手的專業語文證照。

　　想要通過韓國語文能力測驗，你需要紮實的基礎語文能力，也就是單字的認識量，以及對文法的理解力，唯有具備了這兩種能力，才有機會通過測驗。本書從韓國語文能力測驗官方所公布的單字以及歷屆韓語檢定考題最常出現的文法，精心網羅了常出、必出、一定要懂的中級單字與文法。每個單字和文法都有幫助理解的例句，不但可以加深對單字的印象，更可以提升文法的應用能力，再配合上朗讀 MP3 來加強聽力，這絕對是你通過考試的最佳幫手。

詞性簡稱說明

名詞	[名]
形容詞	[形]
動詞	[動]
副詞	[副]
慣用詞	[慣]
數詞	[數]
量詞	[量]
代名詞	[代]
感嘆詞	[嘆]
冠形詞	[冠]
口語	[口]

Part
1

TOPIK
必備單詞 中級

ㄱ

가까워지다　ga.ga.wo.ji.da
☞ 動　變近、拉近

➪ 시험 날짜가 가까워지다.

考試日期快到了。

si.ho*m/nal.jja.ga/ga.ga.wo.ji.da

가까이　ga.ga.i
☞ 名副　近處、靠近

➪ 가까이 오지 마.

不要靠近我。

ga.ga.i/o.ji/ma

가꾸다　ga.gu.da
☞ 動　裝飾、打扮

➪ 정원을 가꾸다.

裝飾庭院。

jo*ng.wo.neul/ga.gu.da

가난　a.nan
☞ 名　貧窮

➪ 가난에서 벗어나다.

擺脫貧困。

ga.na.ne.so*/bo*.so*.na.da

가능　ga.neung
☞ 名　可能

☼ 불가능.

不可能。

bul.ga.neung

가능하다	ga.neung.ha.da
☞ 冊 可能

☼ 그런 일은 가능하다.

那種事有可能。

geu.ro*n/i.reun/ga.neung.ha.da

가득	ga.deuk
☞ 副 充滿地

☼ 가득 차다.

充滿。

ga.deuk/cha.da

가로등	ga.ro.deung
☞ 图 路燈

☼ 밝은 가로등.

明亮的路燈。

bal.geun/ga.ro.deung

가리다	ga.ri.da
☞ 動 遮住

☼ 건물에 가려 앞이 보이지 않다.

被建築物擋住，看不見前面。

go*n.mu.re/ga.ryo*/a.pi/bo.i.ji/an.ta

가만히	ga.man.hi
☞ 副 悄悄地、靜靜地

⟡ 가만히 앉아 있다.

靜靜地坐著。
ga.man.hi/an.ja/it.da

가사   ga.sa

☞ 名 歌詞

⟡ 가사를 쓰다.

作歌詞。
ga.sa.reul/sseu.da

가스   ga.seu

☞ 名 煤氣

⟡ 천연 가스.

天然煤氣。
cho*.nyo*n/ga.seu

가입하다   ga.i.pa.da

☞ 動 加入

⟡ 동아리에 가입하다.

加入社團。
dong.a.ri.e/ga.i.pa.da

가정   ga.jo*ng

☞ 名 家庭

⟡ 가정 교육.

家庭教育。
ga.jo*ng/gyo.yok

가짜   ga.jja

☞ 名 假的

➪이것은 가짜 물건입니다.

這是假貨。

i.go*.seun/ga.jja/mul.go*.nim.ni.da

가치   ga.chi
☞ 名 價值

➪가치가 있다.

有價值。

ga.chi.ga/it.da

각박하다   gak.ba.ka.da
☞ 形 刻薄的

➪이런 각박한 말을 하지 마십시오.

請不要說這種刻薄的話。

i.ro*n/gak.ba.kan/ma.reul/ha.ji/ma.sip.ssi.o

각자   gak.jja
☞ 名 各自

➪각자의 임무는 각자가 해결해야 된다.

各自的任務，必須各自解決。

gak.jja.ui/im.mu.neun/gak.jja.ga/he*.gyo*l.he*.ya/
dwen.da

각종   gak.jjong
☞ 名 各種

➪각종 방법.

各種方法。

gak.jjong/bang.bo*p

간격   gan.gyo*k
☞ 名 間隔、間距

♢간격을 좁히다.

縮短間距。

gan.gyo*.geul/jjo.pi.da

간접　　　　　　　gan.jo*p
☞ 图　間接

♢간접 무역.

間接貿易。

gan.jo*p/mu.yo*k

간판　　　　　　　gan.pan
☞ 图　招牌、看板

♢가게 간판.

商店招牌。

ga.ge/gan.pan

간편하다　　　　　gan.pyo*n.ha.da
☞ 圀　簡便、方便

♢수속이 아주 간편하다.

手續很簡便。

su.so.gi/a.ju/gan.pyo*n.ha.da

갈등　　　　　　　gal.deung
☞ 图　矛盾

♢서로간의 갈등.

相互之間的矛盾。

so*.ro.ga.nui/gal.deung

갈수록　　　　　　gal.ssu.rok
☞ 圖　越來越

➪ 갈수록 재미있다.

越來越有趣。

gal.ssu.rok/je*.mi.it.da

감각	gam.gak

☞ 名 感覺

➪ 이상한 감각.

奇怪的感覺。

i.sang.han/gam.gak

감각하다	gam.ga.ka.da

☞ 動 感覺到

➪ 외로움을 감각하다.

感到孤單。

we.ro.u.meul/gam.ga.ka.da

감독	gam.dok

☞ 名 導演

➪ 영화 감독.

電影導演。

yo*ng.hwa/gam.dok

감상문	gam.sang.mun

☞ 名 感想文

➪ 감상문을 쓰다.

寫感想。

gam.sang.mu.neul/sseu.da

감상하다	gam.sang.ha.da

☞ 動 欣賞、鑑賞

✑ 영화를 감상하다.

欣賞電影。

yo*ng.hwa.reul/gam.sang.ha.da

감소되다	gam.so.dwe.da
☞ 動 減少	

✑ 사람수가 감소되다.

人數減少。

sa.ram.su.ga/gam.so.dwe.da

감정	gam.jo*ng
☞ 名 感情	

✑ 깊은 감정.

深情。

gi.peun/gam.jo*ng

감시카메라	gam.si.ka.me.ra
☞ 名 監視鏡頭	

✑ 감시카메라를 설치하다.

設置監視鏡頭。

gam.si.ka.me.ra.reul/sso*l.chi.ha.da

감추다	gam.chu.da
☞ 動 藏、掩藏	

✑ 서랍 안에 돈을 감췄다.

將錢藏在抽屜內。

so*.rap/a.ne/do.neul/gam.chwot.da

갑작스럽다	gap.jjak.sseu.ro*p.da
☞ 形 忽然、突然	

⇨일이 너무 갑작스럽다.

事情太突然了。

i.ri/no*.mu/gap.jjak.sseu.ro*p.da

강요하다   gang.yo.ha.da
☞ 動 強求、強迫

⇨엄마는 나에게 학원에 가기를 강요했다.

媽媽強迫我去補習班。

o*m.ma.neun/na.e.ge/ha.gwo.ne/ga.gi.reul/gang.yo.
he*t.da

강조하다   gang.jo.ha.da
☞ 動 強調

⇨이 부분을 특히 강조하다.

特別強調這部份。

i.bu.bu.neul/teu.ki/gang.jo.ha.da

강하다   gang.ha.da
☞ 形 強大

⇨강한 힘.

強大的力量。

gang.han/him

갖가지   gat.ga.ji
☞ 冠名 各種、各式各樣

⇨갖가지 음식이 있다.

有各種食物。

gat.ga.ji/eum.si.gi/it.da

갖추다   gat.chu.da
☞ 動 具備

⇨ 입학 자격을 갖추다.

具備入學資格。

i.pak/ja.gyo*.geul/gat.chu.da

개관하다　　　ge*.gwan.ha.da
☞ 動 開館

⇨ 아침 9시에 개관하다.

早上9點開館。

a.chim/a.hop.ssi.e/ge*.gwan.ha.da

개념　　　ge*.nyo*m
☞ 名 概念

⇨ 중심 개념을 파악하다.

把握中心概念。

jung.sim/ge*.nyo*.meul/pa.a.ka.da

개선하다　　　ge*.so*n.ha.da
☞ 動 改善

⇨ 학교 제도를 개선하다.

改善學校制度。

hak.gyo/je.do.reul/ge*.so*n.ha.da

개업　　　ge*.o*p
☞ 名 開業、營業

⇨ 그 식당은 개업 중이다.

那家餐廳營業中。

geu/sik.dang.eun/ge*.o*p/jung.i.da

개인　　　ge*.in
☞ 名 個人

⇨ 개인 시간.

個人時間。

ge*.in/si.gan

개최하다   ge*.chwe.ha.da
☞ 動 舉行、舉辦

⇨ 운동회를 개최하다.

舉辦運動會。

un.dong.hwe.reul/ge*.chwe.ha.da

객관   ge*k.gwan
☞ 名 客觀

⇨ 객관성.

客觀性。

ge*k.gwan.so*ng

거래하다   go*.re*.ha.da
☞ 動 往來、交易

⇨ 상품을 거래하다.

做商品交易。

sang.pu.meul/go*.re*.ha.da

거리감   go*.ri.gam
☞ 名 距離感

⇨ 거리감을 느끼다.

感覺到距離感。

go*.ri.ga.meul/neu.gi.da

거만하다   go*.man.ha.da
☞ 形 傲慢

➯ 태도가 거만하다.

態度傲慢。

te*.do.ga/go*.man.ha.da

거부하다   go*.bu.ha.da
☞ 動 拒絕、抗拒

➯ 제안을 거부하다.

拒絕提案。

je.a.neul/go*.bu.ha.da

거절하다   go*.jo*l.ha.da
☞ 動 拒絕

➯ 부탁을 거절하다.

拒絕別人的請託。

bu.ta.geul/go*.jo*l.ha.da

거칠다   go*.chil.da
☞ 形 粗糙、粗魯

➯ 거친 느낌.

粗糙的感覺。

go*.chin/neu.gim

거품   go*.pum
☞ 名 泡沫

➯ 비누 거품.

肥皂泡沫。

bi.nu/go*.pum

건네주다   go*n.ne.ju.da
☞ 動 遞過去

▷물건을 건네주다.

把東西遞過去。

mul.go*.neul/go*n.ne.ju.da

건립하다   go*l.lip.dwe.da
☞ 動 建立

▷빌딩을 새로 건립하다.

建立新大樓。

bil.ding.eul/sse*.ro/go*l.li.pa.da

건방지다   go*n.bang.ji.da
☞ 形 輕狂、傲慢

▷건방진 행동.

傲慢的行動。

go*n.bang.jin/he*ng.dong

건조하다   go*n.jo.ha.da
☞ 形 乾燥

▷건조한 기후.

乾燥的氣候。

go*n.jo.han/gi.hu

건축가   go*n.chuk.ga
☞ 名 建築師

▷그는 유명한 건축가다.

他是有名的建築師。

geu.neun/yu.myo*ng.han/go*n.chuk.ga.da

건축물   go*n.chung.mul
☞ 名 建築物

➪ 이 건축물이 너무 높다.

這棟建築物很高。

i/go*n.chung.mu.ri/no*.mu/nop.da

걸다　　　　　　　go*l.da
☞ 動　掛、打電話

➪ 전화를 걸다.

打電話。

jo*n.hwa.reul/go*l.da

걸어가다　　　　　go*.ro*.ga.da
☞ 動　步行、走過去

➪ 학교에 걸어가다.

走去學校。

hak.gyo.e/go*.ro*.ga.da

걸음　　　　　　　go*.reum
☞ 图　步伐、腳步

➪ 걸음을 멈추다.

停下腳步。

go*.reu.meul/mo*m.chu.da

검사하다　　　　　go*m.sa.ha.da
☞ 動　檢查

➪ 신체 검사를 하다.

檢查身體。

sin.che/go*m.sa.reul/ha.da

검소하다　　　　　go*m.so.ha.da
☞ 形　儉樸、樸素

⇨ 검소한 옷차림.

模素的穿著。

go*m.so.han/ot.cha.rim

검진　　　　　　　go*m.jin
☞ 图 （健康）檢查

⇨ 건강 검진.

健康檢查。

go*n.gang/go*m.jin

검정　　　　　　　go*m.jo*ng
☞ 图 黑、黑色

⇨ 검정 머리.

黑髮。

go*m.jo*ng/mo*.ri

겁　　　　　　　　go*p
☞ 图 害怕、恐懼

⇨ 겁이 나다.

害怕。

go*.bi/na.da

겉　　　　　　　　go*t
☞ 图 外表、表面

⇨ 속과 겉이 완전 다르다.

裡外完全不同。

sok.gwa/go*.chi/wan.jo*n/da.reu.da

겉모양　　　　　　go*n.mo.yang
☞ 图 外表

➭ 겉모양이 예쁘지 않다.

外表不漂亮。

go*n.mo.yang.i/ye.beu.ji/an.ta

게	ge
☞ 图 螃蟹	

➭ 게를 잡다.

抓螃蟹。

ge.reul/jjap.da

게시판	ge.si.pan
☞ 图 告示、布告	

➭ 광고 게시판.

廣告告示板。

gwang.go/ge.si.pan

게으르다	ge.eu.reu.da
☞ 刑 懶惰	

➭ 게으른 사람.

懶惰的人。

ge.eu.reun/sa.ram

게으름	ge.eu.reum
☞ 图 懶惰、懶	

➭ 게으름을 피우다.

偷懶。

ge.eu.reu.meul/pi.u.da

겨우	gyo*.u
☞ 副 勉強、不容易	

➪ 겨우 이일을 끝냈어요.

好不容易結束了這件事。

gyo*.u/i.i.reul/geun.ne*.sso*.yo

겨우   gyo*.u

☞ 副 才、只

➪ 열심히 한 일이 겨우 이거야?

認真做的事情就只是這個嗎？

yo*l.sim.hi/han/i.ri/gyo*.u/i.go*.ya

겪다   gyo*k.da

☞ 動 經歷、經受

➪ 고생을 겪다.

經歷苦難。

go.se*ng.eul/gyo*k.da

견디다   gyo*n.di.da

☞ 動 忍受、克服

➪ 고통을 견디다.

忍受苦痛。

go.tong.eul/gyo*n.di.da

결국   gyo*l.guk

☞ 名 結果

➪ 결국에는 실패했다.

結果失敗了。

gyo*l.gu.ge.neun/sil.pe*.he*t.da

결근   gyo*l.geun

☞ 名 缺勤

⇨무단 결근.

無故缺勤。

mu.dan/gyo*l.geun

결론   gyo*l.lon
☞ 图 結論

⇨결론을 내리다.

下結論。

gyo*l.lo.neul/ne*.ri.da

결말   gyo*l.mal
☞ 图 結果、結局

⇨결말이 없다.

沒有結局。

gyo*l.ma.ri/o*p.da

결석하다   gyo*l.so*.ka.da
☞ 動 缺席

⇨어제 왜 결석했어요?

昨天為什麼缺席？

o*.je/we*/gyo*l.so*.ke*.sso*.yo

결심   gyo*l.sim
☞ 图 決心

⇨굳은 결심.

堅定的決心。

gu.deun/gyo*l.sim

결심하다   gyo*l.sim.ha.da
☞ 動 決心

⇨이미 결심했어요?

已經下定決心了嗎？

i.mi/gyo*l.sim.he*.sso*.yo

결점	gyo*l.jo*m
☞ 名 缺點	

⇨모든 사람은 다 결점이 있다.

所有人都有缺點。

mo.deun/sa.ra.meun/da/gyo*l.jo*.mi/it.da

겸손하다	gyo*m.son.ha.da
☞ 形 謙虛	

⇨겸손은 미덕이다.

謙虛是美德。

gyo*m.so.neun/mi.do*.gi.da

경고	gyo*ng.go
☞ 名 警告	

⇨경고를 내리다.

提出警告。

gyo*ng.go.reul/ne*.ri.da

경비	gyo*ng.bi
☞ 名 經費	

⇨경비가 부족하다.

經費不足。

gyo*ng.bi.ga/bu.jo.ka.da

경영	gyo*ng.yo*ng
☞ 名 經營	

○ 경영학.

經營學。

gyo*ng.yo*ng.hak

경우	gyo*ng.u

☞ 图 情況

○ 만일의 경우.

萬一的情況。

ma.ni.rui/gyo*ng.u

경쟁	gyo*ng.je*ng

☞ 图 競爭

○ 경쟁 상대.

競爭對手。

gyo*ng.je*ng/sang.de*

경제	gyo*ng.je

☞ 图 經濟

○ 경제 개발.

經濟開發。

gyo*ng.je/ge*.bal

곁	gyo*t

☞ 图 旁邊、側

○ 애인 곁에 앉다.

坐在愛人的旁邊。

e*.in/gyo*.te/an.da

계약	gye.yak

☞ 图 契約

⇨ 계약을 맺다.

訂立契約。

gye.ya.geul/me*t.da

계획　　　　　　gye.hwek
☞ 图 計畫

⇨ 계획을 세우다.

制定計畫。

gye.hwe.geul/sse.u.da

고구마　　　　　go.gu.ma
☞ 图 地瓜

⇨ 고구마를 찌다.

蒸地瓜。

go.gu.ma.reul/jji.da

고급　　　　　　go.geup
☞ 图 高級

⇨ 고급 복식.

高級服飾。

go.geup/bok.ssik

고난　　　　　　go.nan
☞ 图 苦難

⇨ 고난을 겪다.

經歷苦難。

go.na.neul/gyo*k.da

고대　　　　　　go.de*
☞ 图 古代

⇨ 고대의 건축.

古代的建築。

go.de*.ui/go*n.chuk

고독	go.dok
☞ 名 孤獨	

⇨ 고독감.

孤獨感。

go.dok.gam

고려하다	go.ryo*.ha.da
☞ 動 考慮	

⇨ 신중히 고려하다.

慎重考慮。

sin.jung.hi/go.ryo*.ha.da

고민하다	go.min.ha.da
☞ 動 苦惱、煩惱	

⇨ 경제 문제로 고민하다.

因經濟的問題而煩惱。

gyo*ng.je/mun.je.ro/go.min.ha.da

고백하다	go.be*.ka.da
☞ 動 告白	

⇨ 그녀한테 고백했어요?

向她告白了嗎？

geu.nyo*.han te/go.be*.kc*.sso*.yo

고사	go.sa
☞ 名 考試	

• track 028

➪기말 고사.

期末考試。

gi.mal.go.sa

고생	go.se*ng
☞ 名 辛苦、艱難	

➪고생 끝에 낙이 온다.

苦盡甘來。

go.se*ng/geu.te/na.gi/on.da

고수	go.su
☞ 名 高手	

➪수학의 고수.

數學高手。

su.ha.gui/go.su

고아	go.a
☞ 名 孤兒	

➪고아원.

孤兒院。

go.a.won

고장나다	go.jang.na.da
☞ 動 故障	

➪자동차가 고장나다.

車子故障。

ja.dong.cha.ga/go.jang.na.da

고정	go.jo*ng
☞ 名 固定	

⇨ 고정관념.

固定觀念。

go.jo*ng.gwan.nyo*m

고집	go.jip
☞ 图 固執	

⇨ 고집을 부리다.

耍固執。

go.ji.beul/bu.ri.da

고층	go.cheung
☞ 图 建築	

⇨ 고층 건물.

高層建築。

go.cheung/go*n.mul

고통	go.tong
☞ 图 痛苦	

⇨ 고통을 느끼다.

感到痛苦。

go.tong.eul/neu.gi.da

곡	gok
☞ 图 曲子	

⇨ 곡을 쓰다.

作曲。

go.geul/sseu.da

곧바로	got.ba.ro
☞ 圖 馬上、直接	

⇨수업이 끝난 후 곧바로 집에 돌아가다.

下課後，馬上回家。

su.o*.bi/geun.nan/hu/got.ba.ro/ji.be/do.ra.ga.da

골고루	gol.go.ru
☞ 副 均勻地

⇨골고루 나누다.

平均分配。

gol.go.ru/na.nu.da

골목	gol.mok
☞ 名 小巷

⇨골목길.

小巷子。

gol.mok.gil

골치	gol.chi
☞ 名 頭

⇨골치가 아프다.

頭痛。

gol.chi.ga/a.peu.da

곰곰히	gom.gom.hi
☞ 副 仔細、認真

⇨곰곰히 생각하다.

仔細思考。

gom.gom.hi/se*ng.ga.ka.da

공감하다	gong.gam.ha.da
☞ 動 同感、共鳴

⇨그녀의 말에 공감하다.

她的話，我也有同感。

geu.nyo*.ui/ma.re/gong.gam.ha.da

공개되다   gong.ge*.dwe.da

☞ 動 被公開

⇨스타의 사생활이 공개되었다.

明星的私生活被公開。

seu.ta.ui/sa.se*ng.hwa.ri/gong.ge*.dwe.o*t.da

공격하다   gong.gyo*k.ha.da

☞ 動 攻擊

⇨적을 공격하다.

攻擊敵人。

jo*.geul/gong.gyo*.ka.da

공경하다   gong.gyo*ng.ha.da

☞ 動 恭敬

⇨선생님을 공경하다.

恭敬老師。

so*n.se*ng.ni.meul/gong.gyo*ng.ha.da

공고   gong.go

☞ 图 公告

⇨공고문.

公告文。

gong.go.mun

공공   gong.gong

☞ 图 公共

➪ 공공장소.

公共場所。

gong.gong.jang.so

공동	gong.dong
☞ 图 共同	

➪ 공동출자.

共同出資。

gong.dong.chul.ja

공사	gong.sa
☞ 图 施工	

➪ 공사비.

工程費。

gong.sa.bi

공손하다	gong.son.ha.da
☞ 形 謙遜	

➪ 공손한 태도.

謙遜的態度。

gong.son.han/te*.do

공업	gong.o*p
☞ 图 工業	

➪ 공업화.

工業化。

gong.o*.pwa

공예	gong.ye
☞ 图 工藝	

▷ 공예품.

工藝品。

gong.ye.pum

공장   gong.jang
☞ 图 工廠

▷ 공장에서 일하다.

在工廠工作。

gong.jang.e.so*/il.ha.da

공짜   gong.jja
☞ 图 免費

▷ 세상에는 공짜가 없다.

世界上沒有免費的事。

se.sang.e.neun/gong.jja.ga/o*p.da

공통   gong.tong
☞ 图 共同

▷ 공통점.

共同點。

gong.tong.jo*m

공포   gong.po
☞ 图 恐怖

▷ 공포 영화.

恐怖電影。

gong.po/yo*ng.hwa

과다
☞ 图 過多

➪ 인구 과다.

人口過多。

in.gu/gwa.da

과로   gwa.ro
☞ 名 過度疲勞

➪ 그는 과로로 죽었다.

他過勞死了。

geu.neun/gwa.ro.ro/ju.go*t.da

과목   gwa.mok
☞ 名 科目

➪ 전공 과목.

主修科目。

jo*n.gong/gwa.mok

과연   gwa.yo*n
☞ 副 果然、果真

➪ 과연 우리가 성공할 수 있을까?

我們果真可以成功嗎?

gwa.yo*n/u.ri.ga/so*ng.gong.hal/ssu/i.sseul.ga

과장하다   gwa.jang.ha.da
☞ 動 誇張、誇大

➪ 말을 과장하다.

誇大言詞。

ma.reul/gwa.jang.ha.da

과정   gwa.jo*ng
☞ 名 過程

⇨ 제작 과정.

製作過程。

je.jak/gwa.jo*ng

관계	gwan.gye
☞ 名 關係	

⇨ 관계자.

關係人。

gwan.gye.ja

관념	gwan.nyo*m
☞ 名 觀念	

⇨ 시간 관념.

時間觀念。

si.gan/gwan.nyo*m

관람	gwal.lam
☞ 名 觀看、觀覽	

⇨ 관람객.

觀眾。

gwal.lam.ge*k

관련	gwal.lyo*n
☞ 名 關聯	

⇨ 관련성.

關聯性。

gwal.lyo*n.so*ng

관리	gwal.li
☞ 名 管理	

❖ 관리비.

管理費。

gwal.li.bi

관세	gwan.se
☞ 图 關稅	

❖ 관세를 내다.

繳納關稅。

gwan.se.reul/ne*.da

관점	gwan.jo*m
☞ 图 觀點	

❖ 각자의 관점이 다르다.

各自的觀點不同。

gak.jja.ui/gwan.jo*.mi/da.reu.da

관찰하다	gwan.chal.ha.da
☞ 動 觀察	

❖ 자연의 생태를 관찰하다.

觀察自然的生態。

ja.yo*.nui/se*ng.te*.reul/gwan.chal.ha.da

광장	gwang.jang
☞ 图 廣場	

❖ 광장에 사람이 많다.

廣場上人很多。

gwang.jang.e/sa.ra.mi/man.ta

괴롭다	gwe.rom.da
☞ 形 難受、痛苦	

➪ 괴로운 생활.

痛苦的生活。

gwe.ro.un/se*ng.hwal

굉장히	gweng.jang.hi

☞ 圖 非常、特別地

➪ 굉장히 강한 힘.

非常強的力量。

gweng.jang.hi/gang.han/him

교사	gyo.sa

☞ 图 教師

➪ 교사에게 배우다.

向教師學習。

gyo.sa.e.ge/be*.u.da

교육	gyo.yuk

☞ 图 教育

➪ 교육 기관.

教育機關。

gyo.yuk/gi.gwan

교환하다	gyo.hwan

☞ 動 交換

➪ 다른 상품으로 교환해도 되나요?

可以換其他的商品嗎？

da.reun/sang.pu.meu.ro/gyo.hwan.he*.do/dwe.na.yo

구매하다	gu.me*.ha.da

☞ 動 購買

➪ 생활 용품을 구매하다.

購買生活用品。

se*ng.hwal/yong.pu.meul/gu.me*.ha.da

구별하다	gu.byo*l.ha.da

☞ 動 區別

➪ 남녀를 구별하다.

區別男女。

nam.nyo*.reul/gu.byo*l.ha.da

구분하다	gu.bun.ha.da

☞ 動 區分

➪ 공과 사를 구분하다.

區分公與私。

gong.gwa/sa.reul/gu.bun.ha.da

구석	gu.so*k

☞ 图 角落

➪ 구석구석.

各個角落。

gu.so*k.gu.so*k

구성	gu.so*ng

☞ 图 構成

➪ 구성 요소.

構成要素。

gu.so*ng/yo.so

구입	gu.ip

☞ 图 購買

➾상품 구입.

購買商品。

sang.pum/gu.ip

구체적　　　　　gu.che.jo*k
☞ 名冠 具體的

➾구체적으로 설명해 주세요.

請具體說明。

gu.che.jo*.geu.ro/so*l.myo*ng.he*/ju.se.yo

구하다　　　　　gu.ha.da
☞ 動 救

➾목숨을 구하다.

救命。

mok.ssu.meul/gu.ha.da

국경　　　　　guk.gyo*ng
☞ 名 國境

➾국경을 넘다.

越過國境。

guk.gyo*ng.eul/no*m.da

국민　　　　　gung.min
☞ 名 國民

➾국민 소득.

國民所得。

gung.min/so.deuk

국산　　　　　guk.ssan
☞ 名 國產

⇨ 국산품.

國產品。

guk.ssan.pum

국악　　　　　　　gu.gak
☞ 名　國樂

⇨ 국악을 연주하다.

演奏國樂。

gu.ga.geul/yo*n.ju.ha.da

국제적　　　　　　guk.jje.jo*k
☞ 名冠　國際的

⇨ 국제적 지위.

國際地位。

guk.jje.jo*k/ji.wi

국토　　　　　　　guk.to
☞ 名　國土

⇨ 국토를 개발하다.

開發國土。

guk.to.reul/ge*.bal.ha.da

군대　　　　　　　gun.de
☞ 名　軍隊

⇨ 군대에 가다.

加入軍隊。

gun.de*.e/ga.da

굳다　　　　　　　gut.da
☞ 形　堅硬、堅定

⇨ 굳은 결심.

堅定的決心。

gu.deun/gyo*l.sim

굵다　　　guk.da

☞ 形　粗、大

⇨ 다리가 굵다.

腿粗。

da.ri.ga/guk.da

굶다　　　gum.da

☞ 動　餓肚子

⇨ 하루종일 굶었다.

餓了一整天。

ha.ru.jong.il/gul.mo*t.da

굽　　　gup

☞ 名　鞋根

⇨ 굽이 높은 구두.

高跟的皮鞋。

gu.bi/no.peun/gu.du

굽다　　　gup.da

☞ 動　烤、燒

⇨ 고기를 굽다.

烤肉。

go.gi.reul/gup.da

궁정　　　gung.jo*ng

☞ 名　宮廷

⇨궁정 음악.

宮廷音樂。

gung.jo*ng/eu.mak

| 권력 | gwol.lyo*k |

☞ 名 權利

⇨권력을 잃다.

失去權利。

gwol.lyo*.geul/il.ta

| 귀국 | gwi.guk |

☞ 名 歸國

⇨친구의 귀국을 기다리다.

等待朋友的歸國。

chin.gu.ui/gwi.gu.geul/gi.da.ri.da

| 귀족 | gwi.jok |

☞ 名 貴族

⇨귀족 출신.

貴族出身。

gwi.jok/chul.sin

| 귀중하다 | gwi.jung.ha.da |

☞ 形 貴重

⇨귀중한 선물.

貴重的禮物。

gwi.jung.han/so*n.mul

| 귀하다 | gwi.ha.da |

☞ 形 稀有、珍貴

➪귀한 보물을 얻었다.

得到了珍貴的寶物。

gwi.han/bo.mu.reul/o*.do*t.da

궤도	gwe.do
☞ 名 軌道	

➪기차가 궤도를 이탈했다.

火車脫離了軌道。

gi.cha.ga/gwe.do.reul/i.tal.he*t.da

규제하다	gyu.je
☞ 動 管制、控制	

➪차량 통행을 규제하다.

管制車輛通行。

cha.rang/tong.he*ng.eul/gyu.je.ha.da

균형	gyun.hyo*ng
☞ 名 均衡	

➪균형을 유지하다.

維持均衡。

gyun.hyo*ng.eul/yu.ji.ha.da

그냥	geu.nyang
☞ 副 仍舊、照原樣	

➪그냥 거기에 두어라.

就放在那裡吧！

geu.nyang/go*.gi.e/du.o*.ra

그늘	geu.neul
☞ 名 陰處、陰影	

➪ 그늘이 지다.

倒映陰影。

geu.neu.ri/ji.da

그다지	geu.da.ji

☞ 副 不太、不怎麼

➪ 그 인형은 그다지 귀엽지 않다.

那娃娃不怎麼可愛。

geu/in.hyo*ng.eun/geu.da.ji/gwi.yo*p.jji/an.ta

그대로	geu.de*.ro

☞ 副 原封不動地

➪ 그 물건이 그대로 놓여 있다.

那物品原封不動地放著。

geu/mul.go*.ni/geu.de*.ro/no.yo*/it.da

그래프	geu.re*.peu

☞ 名 圖表

➪ 그래프를 보면 이해할 수 있다.

看圖表就可以理解。

geu.re*.peu.reul/bo.myo*n/i.he*.hal/ssu/it.da

그렇게	geu.ro*.ke

☞ 副 那麼

➪ 그렇게 걱정하지마라.

不要那麼擔心。

geu.ro*.ke/go*k.jjo*ng.ha/ji.ma.ra

그림자	geu.rim.ja

☞ 名 影子

▷ 여기는 사람의 그림자가 하나도 없다.

這裡沒有半個人影。

yo*.gi.neun/sa.ra.mui/geu.rim.ja.ga/ha.na.do/o*p.da

그만두다　geu.man.du.da
☞ 動　停止、放棄

▷ 그는 회사를 그만두고 유학 갔다.

他放棄工作去留學了。

geu.neun/hwe.sa.reul/geu.man.du.go/yu.hak/gat.da

그만큼　geu.man.keum
☞ 副　那種程度

▷ 그 친구와 그만큼 친하지 않다.

和那位朋友沒那麼親密。

geu/chin.gu.wa/geu.man.keum/chin.ha.ji/an.ta

그저　geu.jo*
☞ 副　只不過、只是

▷ 그저 그녀를 바라만 보고 있다.

只是望著她而已。

geu.jo*/geu.nyo*.reul/ba.ra.man/bo.go/it.da

극단　geuk.dan
☞ 名　劇團

▷ 예술 극단.

藝術劇團。

ye.sul/geuk.dan

근교　geuk.gyo
☞ 名　近郊

⇨ 도시 근교.

都市近郊。

do.si/geun.gyo

근무   geun.mu
☞ 图 勤務、工作

⇨ 근무조건.

工作條件。

geung.mu.jo.go*n

근무하다   geung.mu.ha.da
☞ 動 工作

⇨ 우체국에 근무하다.

在郵局工作。

u.che.gu.ge/geun.mu.ha.da

글쓴이   geul.sseu.ni
☞ 图 作者、筆者

⇨ 이 소설의 글쓴이가 누구야?

這本小說的作者是誰？

i/so.so*.rui/geul.sseu.ni.ga/nu.gu.ya

금액   geu.me*k
☞ 图 金額

⇨ 손해 금액.

損失金額。

son.he*/geu.me*k

금지   geum.ji
☞ 图 禁止

⇨ 출입 금지.

出入禁止。
chu.rip/geum.ji

기계	gi.gye
☞ 图 機器	

⇨ 기계를 고치다.

修理機器。
gi.gye.reul/go.chi.da

기념	gi.nyo*m
☞ 图 紀念	

⇨ 기념식.

紀念儀式。
gi.nyo*m.sik

기대	gi.de*
☞ 图 期待	

⇨ 기대가 크다.

期待很大。
gi.de*.ga/keu.da

기도	gi.do
☞ 图 祈禱	

⇨ 하느님께 기도를 드리다.

向老天爺祈禱。
ha.neu.nim.ge/gi.do.reul/deu.ri.da

기본	gi.bon
☞ 图 基本	

☼기본 지식.

基本知識。

gi.bon/ji.sik

기상	gi.sang
☞ 图 氣象	

☼기상예보.

氣象預報。

gi.sang.ye.bo

기술	gi.sul
☞ 图 技術	

☼신기술을 개발하다.

開發新技術。

sin.gi.su.reul/ge*.bal.ha.da

기업	gi.o*p
☞ 图 企業	

☼기업을 경영하다.

經營企業。

gi.o*.beul/gyo*ng.yo*ng.ha.da

기증하다	gi.jeung.ha.da
☞ 動 捐贈	

☼물자를 기증하다.

捐贈物資。

mul.ja.reul/gi.jeung.ha.da

기회	gi.hwe
☞ 图 機會	

• track 049

⇨ 좋은 기회를 파악하다.

把握好機會。

jo.eun/gi.hwe.reul/pa.a.ka.da

기후	gi.hu

☞ 名 氣候

⇨ 한대 기후.

寒帶氣候。

han.de*/gi.hu

길이	gi.ri

☞ 名 長度

⇨ 길이가 모자라다.

長度不足。

gi.ri.ga/mo.ja.ra.da

깊다	gip.da

☞ 形 深

⇨ 깊은 바다.

深海。

gi.peun/ba.da

까다롭다	ga.da.rop.da

☞ 形 挑剔、棘手

⇨ 까다로운 일은 하지 않는다.

我不做棘手的事情。

ga.da.ro.un/i.reun/ha.ji/an.neun.da

깨다	ge*.da

☞ 動 睡醒

⇨ 잠이 깨다.

睡醒。

ja.mi/ge*.da

| 껍질 | go*p.jjil |
☞ 图 表皮、皮

⇨ 과일 껍질.

水果皮。

gwa.il/go*p.jjil

| 꼬마 | go.ma |
☞ 图 小鬼、小朋友

⇨ 꼬마야, 너 몇 살이니?

小鬼，你幾歲？

go.ma.ya./no*/myo*t/sa.ri.ni

| 꼼꼼하다 | gom.gom.ha.da |
☞ 形 仔細

⇨ 꼼꼼한 성격.

仔細的性格。

gom.gom.han/so*ng.gyo*k

| 꼼꼼히 | gom.gom.hi |
☞ 副 仔細地

⇨ 꼼꼼히 검사하다.

仔細檢查。

gom.gom.hi/go*m.sa.ha.da

| 끊기다 | geun.ki.da |
☞ 動 被切斷

⇨전화가 끊겼다.

電話被切斷了。

jo*n.hwa.ga/geun.kyo*t.da

끊다	geun.ta
☞ 動 弄斷、斷絕	

⇨서로의 관계를 끊다.

斷絕彼此的關係。

so*.ro.ui/gwan.gye.reul/geun.ta

ㄴ

나누다　na.nu.da
☞ 動 分、分配

➲ 피자 하나를 네 쪽으로 나누다.

把一個披薩分成四份。

pi.ja/ha.na.reul/ne/jjo.geu.ro/na.nu.da

나들이　na.deu.ri
☞ 图 串門子、進出

➲ 친구집에 나들이를 가다.

去朋友家串門子。

chin.gu.ji.be/na.deu.ri.reul/ga.da

나름대로　na.reum.de*.ro
☞ 副 按⋯的方式

➲ 나는 내 나름대로 일을 하겠다.

我要按我自己的方式做事。

na.neun/ne*/na.reum.de*.ro/i.reul/ha.get.da

나머지　na.mo*.ji
☞ 图 剩餘、其餘

➲ 나머지돈.

餘款。

na.mo*.ji.don

나쁜 짓　na.beun jit
☞ 图 壞事

• track 053

⇨ 나쁜 짓을 하지 마세요.

請不要做壞事。

na.beun/ji.seul/ha.ji/ma.se.yo

나서다   na.so*.da
☞ 動 站出來

⇨ 참가할 사람들이 앞으로 나섰다.

要參加的人站了出來。

cham.ga.hal/ssa.ram.deu.ri/a.peu.ro/na.so*t.da

나아지다   na.a.ji.da
☞ 動 好轉、好起來

⇨ 병이 나아지다.

病情好轉。

byo*ng.i/na.a.ji.da

낙서   nak.sso*
☞ 名 塗鴉

⇨ 벽에 낙서를 하지 마.

請勿在牆壁上塗鴉。

byo*.ge/nak.sso*.reul/ha.ji/ma

낙천적   nak.cho*n.jo*k
☞ 名冠 樂觀

⇨ 낙천적인 인생관.

樂觀的人生觀。

nak.cho*n.jo*.gin/in.se*ng.gwan

난방   nan.bang
☞ 名 暖氣

⌂ 난방 설비.

暖氣設備。

nan.bang/seol.bi

날마다   nal.ma.da

☞ 副 每天

⌂ 날마다 학원에 가다.

每天去補習班。

nal.ma.da/ha.gwo.ne/ga.da

날다   nal.da

☞ 動 飛、飛翔

⌂ 새기 날다.

鳥飛。

se.ga/nal.da

날카롭다   nal.ka.rop.da

☞ 形 尖銳、鋒利

⌂ 날카로운 칼.

鋒利的刀。

nal.ka.ro.un/kal

낡다   nak.da

☞ 形 舊、老舊

⌂ 낡은 건물.

老舊的建築。

nal.geun/geon.mul

납치하다   nap.chi.ha.da

☞ 動 綁架、挾持

⇨ 인질을 납치하다.

綁架人質。

in.ji.reul/nap.chi.ha.da

낫	nat
☞ 名 鐮刀	

⇨ 낫으로 베다.

用鐮刀割。

na.seu.ro/be.da

낭만	nang.man
☞ 名 浪漫	

⇨ 낭만주의.

浪漫主義。

nang.man.ju.ui

낭비하다	nang.bi.ha.da
☞ 動 浪費	

⇨ 시간을 낭비하다.

浪費時間。

si.ga.neul/nang.bi.ha.da

낯익다	na.chik.da
☞ 形 面熟、熟悉	

⇨ 낯익은 사람.

面熟的人。

na.chi.geun/sa.ram

내내	ne*.ne*
☞ 圖 始終、永遠	

➪ 내내 행복하기를 바란다.

祝永遠幸福。

ne*.ne*/he*ng.bo.ka.gi.reul/ba.ran.da

내놓다   ne*.no.ta
☞ 動 拿出來

➪ 지갑에서 돈을 내놓다.

從錢包裡拿出錢。

ji.ga.be.so*/do.neul/ne*.no.ta

내다   ne*.da
☞ 動 發、產生

➪ 소리를 내다.

發出聲音。

so.ri.reul/ne*.da

내려놓다   ne*.ryo*.no.ta
☞ 動 放下、擱下

➪ 교과서를 내려놓다.

放下教科書。

gyo.gwa.so*.reul/ne*.ryo*.no.ta

내리막   ne*.ri.mak
☞ 名 下坡

➪ 오르막이 있으면 내리막이 있다.

有上坡就有下坡。

o.reu.ma.gi/i.sseu.myo*n/ne*.ri.ma.gi/it.da

냉정   ne*ng.jo*ng
☞ 名 冷靜

❏그는 냉정을 잃었다.

他失去了冷靜。
geu.neun/ne*ng.jo*ng.eul/i.ro*t.da

너그럽다   no*.geu.ro*p.da
☞ 形 寬容、寬厚

❏너그러운 마음.

寬容的心。
no*.geu.ro*.un/ma.eum

너르다   no*.reu.da
☞ 形 廣闊、寬廣

❏들판이 너르다.

草原廣闊。
deul.pa.ni/no*.reu.da

넉넉하다   no*ng.no*.ka.da
☞ 形 富裕、足夠

❏생활이 넉넉하다.

生活富裕。
se*ng.hwa.ri/no*ng.no*.ka.da

널리   no*l.li
☞ 副 廣泛、遍及

❏널리 알리다.

廣為傳播。
no*l.li/al.li.da

넘나들다   no*m.na.deul.da
☞ 動 進進出出

▷ 남의 집을 넘나들다.

進出別人家。
na.mui/ji.beul/no*m.na.deul.da

넘어지다	no*.mo*.ji.da

☞ 動 跌倒

▷ 길에서 넘어졌다.

在路上跌倒。
gi.re.so*/no*.mo*.jo*t.da

넘치다	no*m.chi.da

☞ 動 溢出、洋溢

▷ 강물이 넘치다.

河水氾濫。
gang.mu.ri/no*m.chi.da

노후	no.hu

☞ 名 老後

▷ 노후의 생활.

老後的生活。
no.hu.ui/se*ng.hwal

녹음하다	no.geum.ha.da

☞ 動 錄音

▷ 노래를 녹음하다.

錄製歌曲。
no.re*.reul/no.geum.ha.da

녹다	nok.da

☞ 名 融化、溶化

▷ 얼음이 녹다.

冰溶化。

o*.reu.mi/nok.da

논문	non.mun

☞ 图 論文

▷ 논문을 발표하다.

發表論文。

non.mu.neul/bal.pyo.ha.da

논의하다	no.nui.ha.da

☞ 動 議論、討論

▷ 그 사건에 대해 논의하다.

討論那個事件。

geu/sa.go*.ne/de*.he*/no.nui.ha.da

놀랍다	nol.lap.da

☞ 形 驚人、出乎意料

▷ 놀라운 소식을 들었다.

聽到驚人的消息。

nol.la.un/so.si.geul/deu.ro*t.da

놀이	no.ri

☞ 图 遊戲

▷ 놀이터.

遊樂場。

no.ri.to*

농담	nong.dam

☞ 图 玩笑話

➪ 농담이야. 신경 쓰지 마.

開玩笑啦！不要在意。

nong.da.mi.ya//sin.gyo*ng/sseu.ji/ma

놓치다	not.chi.da
☞ 動 錯失、失去	

➪ 좋은 기회를 놓쳤다.

失去好機會。

jo.eun/gi.hwe.reul/not.cho*t.da

눈길	nun.gil
☞ 图 目光、眼神	

➪ 눈길을 끌다.

引人目光。

nun.gi.reul/geul.da

눈동자	nun.dong.ja
☞ 图 眼珠、眼球	

➪ 검은 눈동자.

黑眼珠。

go*.meun/nun.ttong.ja

눈부시다	nun.bu.si.da
☞ 形 耀眼、目眩	

➪ 햇살이 눈부시다.

陽光耀眼。

he*t.ssa.ri/nun.bu.si.da

눈빛	nun.bit
☞ 图 眼神、眼色	

➪ 무서운 눈빛.

可怕的眼神。

mu.so*.un/nun.bit

느닷없이　　　　　neu.da.so*p.ssi
☞ 圖 突然、忽然

➪ 느닷없이 비가 내리기 시작했다.

忽然下起雨來了。

neu.da.so*p.ssi/bi.ga/ne*.ri.gi/si.ja.ke*t.da

늘리다　　　　　neul.li.da
☞ 勔 增加、提高

➪ 실력을 늘리다.

提高實力。

sil.lyo*.geul/neul.li.da

늘어나다　　　　　neu.ro*.na.da
☞ 勔 增加、增多

➪ 참가자가 늘어나다.

參加者增加。

cham.ga.ja.ga/neu.ro*.na.da

• track 062

ㄷ

다루다   da.ru.da
☞ 動 操作、操縱

▷ 기계를 다루다.

操作機器。
gi.gye.reul/da.ru.da

다방면   da.bang.myo*n
☞ 名 多方面

▷ 다방면의 지식.

多方面的知識。
da.bang.myo*.nui/ji.sik

다양하다   da.yang.ha.da
☞ 形 各式各樣

▷ 다양한 색깔.

各種顏色。
da.yang.han/se*k.gal

다정하다   da.jo*ng.ha.da
☞ 形 熱情、親切

▷ 그는 다정한 친구다.

他是熱情的朋友。
geu.neun/da.jo*ng.han/chin.gu.da

다큐멘터리   da.kyu.men.to*.ri
☞ 名 記錄、實錄

➪ 다큐멘터리 영화.

紀錄片。

da.kyu.men.to*.ri/yo*ng.hwa

다투다   da.tu.da
☞ 動 吵架、爭吵

➪ 친구와 다투다.

和朋友吵架。

chin.gu.wa/da.tu.da

다행히   da.he*ng.hi
☞ 圖 幸好

➪ 다행히 그가 왔다.

幸好他來了。

da.he*ng.hi/geu.ga/wat.da

단단하다   dan.dan.ha.da
☞ 形 堅固、堅硬

➪ 단단한 가구.

堅固的家具。

dan.dan.han/ga.gu

단순하다   dan.sun.ha.da
☞ 形 單純、簡單

➪ 일이 매우 단순하다.

事情非常單純。

i.ri/me*.u/dan.sun.ha.da

단지   dan.ji
☞ 圖 僅僅、只是

➪ 단지 돈의 문제이다.

只是錢的問題而已。

dan.ji/do.nui/mun.je.i.da

단체	dan.che
☞ 名 團體	

➪ 단체 활동.

團體活動。

dan.che/hwal.dong

달리	dal.li
☞ 副 別的、另外	

➪ 달리 방법이 없다.

沒有別的方法。

dal.li/bang.bo*.bi/o*p.da

당분간	dang.bun.gan
☞ 副 暫且、臨時	

➪ 이 물건을 당분간 사용할 수 없다.

這物品暫時無法使用。

i/mul.go*.neul/dang.bun.gan/sa.yong.hal/ssu/o*p.da

당연하다	dang.yo*n.ha.da
☞ 形 理所當然、當然	

➪ 그게 당연한 일이다.

那是理所當然的事。

geu.ge/dang.yo*n.han/i.ri.da

당첨되다	dang.cho*m.dwe.da
☞ 動 中獎	

• track 065

➪ 복권이 당첨되다.

彩券中獎。

bok.gwo*.ni/dang.cho*m.dwe.da

당황하다　　　dang.hwang.ha.da
☞ 形　慌張、徬徨

➪ 너무 당황하지 말아요.

不要太慌張。

no*.mu/dang.hwang.ha.ji/ma.ra.yo

닿다　　　da.ta
☞ 動　接觸、觸及

➪ 땅에 닿다.

接觸地面。

dang.e/da.ta

대단히　　　de*.dan.hi
☞ 副　相當、非常

➪ 그는 대단히 바쁜 사람이다.

他是大忙人。

geu.neun/de*.dan.hi/ba.beun/sa.ra.mi.da

대신하다　　　de*.sin.ha.da
☞ 動　替代、代替

➪ 형이 동생을 대신해 파티에 참가했다.

哥哥代替弟弟參加派對。

hyo*ng.i/dong.se*ng.eul/de*.sin.he*/pa.ti.e/cham.ga.
he*t.da

대중　　　de*.jung
☞ 图　大眾

⊃ 대중문화.

大眾文化。

de*.jung.mun.hwa

대체로	de*.che.ro
☞ 副 大體、大致	

⊃ 대체로 좋은 편이다.

大致上還算不錯。

de*.che.ro/jo.eun/pyo*.ni.da

대표적	de*.pyo.jo*k
☞ 名冠 代表性	

⊃ 대표적인 음식.

代表性的飲食。

de*.pyo.jo*.gin/eum.sik

더더욱	do*.do*.uk
☞ 副 更、更加	

⊃ 여기도 춥지만 한국은 더더욱 춥다.

雖然這裡也很冷，但韓國更冷。

yo*.gi.do/chup.jji.man/han.gu.geun/do*.do*.uk/chup.
da

더욱	do*.uk
☞ 副 更加、更	

⊃ 성적이 더욱 나빠지다.

成績變得更差。

so*ng.jo*.gi/do*.uk/na.ba.ji.da

더위	do*.wi
☞ 名 熱、暑熱	

▷더위가 심하다.

很熱。

do*.wi.ga/sim.ha.da

던지다 do*n.ji.da
☞ 動 丟、擲

▷공을 던지다.

丟球。

gong.eul/do*n.ji.da

덜다 do*l.da
☞ 動 減少、削減

▷부담을 덜다.

減少負擔。

bu.da.meul/do*l.da

덩어리 do*ng.o*.ri
☞ 名 塊、團

▷흙덩어리.

土塊。

heuk.do*ng.o*.ri

덮치다 do*p.chi.da
☞ 動 捕捉

▷새를 덮치다.

捕捉鳥。

se*.reul/do*p.chi.da

도달하다 do.dal.ha.da
☞ 動 到達

➪목적지에 도달하다.

到達目的地。

mok.jjo*k.jji.e/do.dal.ha.da

도대체	do.de*.che
☞ 圖 到底、究竟	

➪도대체 무슨 일이 생겼어요?

到底發生什麼事？

do.de*.che/mu.seun/i.ri/se*ng.gyo*.sso*.yo

도덕	do.do*k
☞ 名 道德	

➪도덕관.

道德觀。

do.do*k.gwan

도둑	do.duk
☞ 名 小偷、盜賊	

➪도둑을 잡았다.

抓到了小偷。

do.du.geul/jja.bat.da

도로	do.ro
☞ 名 馬路、道路	

➪도로 공사.

道路工程。

do.ro/gong.sa

도망가다	do.mang.ga.da
☞ 動 逃亡、逃跑	

⇨범인이 감옥에서 도망갔다.

犯人從監獄逃跑了。

bo*.mi.ni/ga.mo.ge.so*/do.mang.gat.da

도무지　do.mu.ji
☞ 副　全然、根本

⇨도무지 모르겠다.

全然不知道。

do.mu.ji/mo.reu.get.da

도시락　do.si.rak
☞ 名　便當、盒飯

⇨도시락을 싸다.

包便當。

do.si.ra.geul/ssa.da

도움　do.um
☞ 名　幫助

⇨남의 도움을 받지 않는다.

不接受別人的幫助。

na.mui/do.u.meul/bat.jji/an.neun.da

도저히　do.jo*.hi
☞ 副　怎麼也、實在無法

⇨도저히 이해할 수가 없다.

實在無法理解。

do.jo*.hi/i.he*.hal/ssu.ga/o*p.da

도전하다　do.jo*n.ha.da
☞ 動　挑戰

➪ 적에게 도전하다.

向敵人挑戰。

jo*.ge.ge/do.jo*n.ha.da

독신	dok.ssin

☞ 图 單身

➪ 독신주의자.

單身主義者。

dok.ssin.ju.ui.ja

독자	dok.jja

☞ 图 讀者

➪ 이 잡지는 여성독자가 많다.

這雜誌有很多女性讀者。

i/jap.jji.neun/yo*.so*ng.dok.jja.ga/man.ta

독특하다	dok.teu.ka.da

☞ 形 獨特

➪ 독특한 스타일.

獨特的風格。

dok.teu.kan/seu.ta.il

독하다	do.ka.da

☞ 形 毒、狠毒

➪ 독한 성격.

狠毒的性格。

do.kan/so*ng.gyo*k

돋다	dot.da

☞ 動 升、升起

➡ 해가 돋다

太陽升起。

he*.ga/dot.da

돌	dol
☞ 名 石頭	

➡ 돌을 던지다.

丟石頭。

do.reul/do*n.ji.da

돌다	dol.da
☞ 名 轉、到處逛	

➡ 시내를 돌다.

逛市區。

si.ne*.reul/dol.da

돌려주다	dol.lyo*.ju.da
☞ 動 歸還	

➡ 물건을 돌려주다.

歸還物品。

mul.go*.neul/dol.lyo*.ju.da

동시에	dong.si.e
☞ 副 同時	

➡ 손과 발을 동시에 쓰다.

手腳同時使用。

son.gwa/ba.reul/dong.si.e/sseu.da

동해	dong.he*
☞ 名 東海	

⇨ 동해안.

東海岸。

dong.he*.an

동호회	dong.ho.hwe

☞ 图 同好會、社團

⇨ 동호회에 참가하다.

參加社團。

dong.ho.hwe.e/cham.ga.ha.da

두께	du.ge

☞ 图 厚度

⇨ 두께를 재다.

量厚度。

du.ge.reul/jje*.da

두뇌	du.nwe

☞ 图 頭腦

⇨ 두뇌가 좋다.

頭腦好。

du.nwe.ga/jo.ta

두드리다	du.deu.ri.da

☞ 動 敲打

⇨ 문을 두드리다.

敲門。

mu.neul/du.deu.ri.da

두통	du.tong

☞ 图 頭疼

⇨ 두통이 심하다.

嚴重頭痛。
du.tong.i/sim.ha.da

뒤집다　　dwi.jip.da
☞ 動　翻、翻找

⇨ 서류를 뒤집다.

翻找資料。
so*.ryu.reul/dwi.jip.da

드디어　　deu.di.o*
☞ 副　終於

⇨ 드디어 성공했다.

終於成功了。
deu.di.o*/so*ng.gong.he*t.da

드레스　　deu.re.seu
☞ 名　裙子

⇨ 웨딩드레스.

婚紗。
we.ding.deu.re.seu

드물다　　deu.mul.da
☞ 形　稀罕、少見

⇨ 이런 식물은 아주 드물다.

這種植物很罕見。
i.ro*n/sing.mu.reun/a.ju/deu.mul.da

든든하다　　deun.deun.ha.da
☞ 形　堅固、踏實

• track 074

⇨마음이 든든하다.

心裡踏實。

ma.eu.mi/deun.deun.ha.da

등록	deung.nok
☞ 图 註冊、登記

⇨등록금.

學費。

deung.nok.geum

따다	da.da
☞ 動 摘、採

⇨과일을 따다.

摘水果。

gwa.i.reul/da.da

따라서	da.ra.so*
☞ 圖 因此、所以

⇨그는 미성년자다. 따라서 나이트클럽에는 가
지 못한다.

他是未成年者，所以不能去夜店。

geu.neun/mi.so*ng.nyo*n.ja.da///da.ra.so*/na.i.teu.
keul.lo*.be.neun/ga.ji/mo.tan.da

따르다	da.reu.da
☞ 動 跟隨、隨從

⇨엄마를 따라 시장에 가다.

跟隨媽媽去市場。

o*m.ma.reul/da.ra/si.jang.e/ga.da

따위　　　　　　da.wi
☞ 名　之類

➩ 소설, 만화책 따위의 책이 많다.
　小說、漫畫之類的書很多。
　so.so*l,/man.hwa.che*k/da.wi.ui/che*.gi/man.ta

따위　　　　　　da.wi
☞ 名　表輕視的人、事

➩ 그 따위 소리는 듣고 싶지 않아.
　我不想聽那種話。
　geu/da.wi/so.ri.neun/deut.go/sip.jji/a.na

땅　　　　　　　dang
☞ 名　地、土地

➩ 땅값.
　地價。
　dang.gap

때때로　　　　　de*.de*.ro
☞ 副　間或、有時

➩ 때때로 고향이 생각난다.
　有時會想起故鄉。
　de*.de*.ro/go.hyang.i/se*ng.gang.nan.da

때리다　　　　　de*.ri.da
☞ 動　打、毆打

➩ 왜 나를 때려요?
　為什麼打我?
　we*/na.reul/de*.ryo*.yo

떨어지다　　do*.ro*.ji.da
☞ 動　落、掉落

⇩ 과실이 떨어지다.

果實掉落。

gwa.si.ri/do*.ro*.ji.da

뚱뚱하다　　dung.dung.ha.da
☞ 形　胖

⇩ 뚱뚱한 여자가 되다.

成為胖胖的女人。

dung.dung.han/yo*.ja.ga/dwe.da

뛰어나다　　dwi.o*.na.da
☞ 形　出眾、出色

⇩ 뛰어난 재능.

出眾的才能。

dwi.o*.nan/je*.neung

ㄹ

라이터　　ra.i.to*
☞ 图 打火機

▷ 라이터를 켜다.

點打火機。
ra.i.to*.reul/kyo*.da

라인　　ra.in
☞ 图 線、行

▷ 라인을 긋다.

畫線。
ra.i.neul/geut.da

레몬　　re.mon
☞ 图 檸檬

▷ 레몬 쥬스.

檸檬果汁。
re.mon/jyu.seu

레스토랑　　re.seu.to.rang
☞ 图 餐廳

▷ 비싼 레스토랑.

昂貴的餐廳。
bi.ssan/re.seu.to.rang

로맨틱하다　　ro.me*n.ti.ka.da
☞ 圈 羅曼蒂克

▷로맨틱한 분위기.

浪漫的氣氛。

ro.me*n.ti.kan/bu.nwi.gi

로봇　　　　　　　ro.bot
☞ 图　機器人

▷로봇을 만들다.

製作機器人。

ro.bo.seul/man.deul.da

로비　　　　　　　ro.bi
☞ 图　(飯店)大廳

▷짐을 로비로 옮겨 주세요.

請幫我把行李搬到大廳。

ji.meul/ro.bi.ro/om.gyo*/ju.se.yo

리본　　　　　　　ri.bon
☞ 图　緞帶、絲帶

▷리본을 묶다.

綁緞帶。

ri.bo.neul/muk.da

리스트　　　　　　ri.seu.teu
☞ 图　一欄表、目錄

▷리스트를 작성하다

製作一欄表。

ri.seu.teu.reul/jjak.sso*ng.ha.da

▣

마련되다   ma.ryo*n.dwe.da
☞ 動 準備好

▷자금이 마련되었다.

準備好資金。
ja.geu.mi/ma.ryo*n.dwe.o*t.da

마련하다   ma.ryo*n.ha.da
☞ 動 準備

▷작업 재료를 마련하다.

準備作業的資料。
ja.go*p/je*.ryo.reul/ma.ryo*n.ha.da

마리   ma.ri
☞ 圖 (動物) 隻

▷개 두마리.

兩隻狗。
ge*/du.ma.ri

마음에 들다   ma.eu.me deul.da
☞ 價 中意、喜歡

▷그 여자가 마음에 든다.

我喜歡那個女孩。
geu/yo*.ja.ga/ma.eu.me/deun.da

마음껏   ma.eum.go*t
☞ 圖 盡情地

▷아이들이 공원에서 마음껏 놀다.

孩子們在公園裡盡情玩耍。

a.i.deu.ri/gong.wo.ne.so*/ma.eum.go*t/nol.da

마찬가지　　　　ma.chan.ga.ji
☞ 名 相同、一樣

▷이것과 그것은 마찬가지다.

這個和那個一樣。

i.go*t.gwa/geu.go*.seun/ma.chan.ga.ji.da

마치　　　　　　ma.chi
☞ 副 彷彿、好像

▷마치 그림 같다.

彷彿圖畫一般。

ma.chi/geu.rim/gat.da

마침　　　　　　ma.chim
☞ 副 恰好、剛好

▷마침 기차가 떠났다.

火車剛好離開。

ma.chim/gi.cha.ga/do*.nat.da

마침내　　　　　ma.chim.ne*
☞ 副 終於、總算

▷마침내 임무를 완성했다.

終於把任務完成了。

ma.chim.ne*/im.mu.reul/wan.so*ng.he*t.da

막다　　　　　　mak.da
☞ 動 堵住

➪사고가 나서 길을 막았다.

發生事故，導致路段堵塞。

sa.go.ga/na.so*/gi.reul/ma.gat.da

말	mal

☞名 馬

➪말을 타다.

騎馬。

ma.reul/ta.da

말투	mal.tu

☞名 口氣、口吻

➪자신만만한 말투.

自信滿滿的口吻。

ja.sin.man.man.han/mal.tu

말을 걸다	ma.reul go*l.da

☞慣 搭話

➪나한테 말 걸지 마.

不要和我說話。

na.han.te/mal/go*l.ji/ma

망설이다	mang.so*.ri.da

☞動 猶豫

➪망설이지 마세요.

請不要猶豫。

mang.so*.ri.ji/ma.se.yo

맞다	mat.da

☞動 淋、澆

⇨ 비를 맞다.

淋雨。
bi.reul/mat.da

| 맞다 | mat.da |

☞ 動 擔負、擔任

⇨ 책임을 맡다.

承擔責任。
che*.gi.meul/mat.da

| 매력적 | me*.ryo*k.jjo*k |

☞ 冠名 魅力

⇨ 매력적인 여자.

有魅力的女子。
me*.ryo*k.jjo*.gin/yo*.ja

| 매맞다 | me*.mat.da |

☞ 動 挨打

⇨ 매맞은 자리에서 피가 났다.

挨打的地方流血了。
me*.ma.jeun/ja.ri.e.so*/pi.ga/nat.da

| 매체 | me*.che |

☞ 名 媒體

⇨ 대중 매체.

大眾媒體。
de*.jung/me*.che

| 맨발 | me*n.bal |

☞ 名 赤腳

☼ 맨발로 걷다.

赤腳走路。
me*n.bal.lo/go*t.da

맨손	me*n.son
☞ 图 空手、赤手	

☼ 맨손로 싸우다.

徒手打架。
me*n.sol.lo/ssa.u.da

먼지	mo*n.ji
☞ 图 塵土、灰塵	

☼ 먼지를 털다.

彈灰塵。
mo*n.ji.reul/to*l.da

며느리	myo*.neu.ri
☞ 图 媳婦	

☼ 시어머니와 며느리.

婆婆與媳婦。
si.o*.mo*.ni.wa/myo*.neu.ri

면접	myo*n.jo*p
☞ 图 面試	

☼ 면접을 보다.

面試。
myo*n.jo*.beul/bo.da

면허증	myo*n.ho*.jeung
☞ 图 執照	

⇨운전 면허증.

駕駛執照。

un.jo*n/myo*n.ho*.jeung

명랑하다 myo*ng.nang.ha.da
☞ 形 明朗、爽朗

⇨그의 성격이 매우 명랑하다.

他的性格很爽朗。

geu.ui/so*ng.gyo*.gi/me*.u/myo*ng.nang.ha.da

모기 mo.gi
☞ 名 蚊子

⇨모기에게 물렸다.

被蚊子咬了。

mo.gi.e.ge/mul.lyo*t.da

모델 mo.del
☞ 名 模特爾

⇨잡지 모델.

雜誌模特爾。

jap.jji/mo.del

모색하다 mo.se*.ka.da
☞ 動 摸索、搜索

⇨해결 방법을 모색하다.

摸索解決方法。

he*.gyo*l/bang.bo*.beul/mo.se*.ka.da

모습 mo.seup
☞ 名 樣子、模樣

⇨ 예쁜 모습.

漂亮的模樣。

ye.beun/mo.seup

모자라다   mo.ja.ra.da
☞ 動 不足、不夠

⇨ 재료가 모자라다.

材料不足。

je*.ryo.ga/mo.ja.ra.da

목숨   mok.ssum
☞ 名 命、生命

⇨ 목숨을 바치다.

奉獻生命。

mok.ssu.meul/ba.chi.da

목표   mok.pyo
☞ 名 目標

⇨ 목표를 달성하다

達成目標。

mok.pyo.reul/dal.sso*ng.ha.da

무게   mu.ge
☞ 名 重量

⇨ 무게를 재다

量重量。

mu.ge.reul/jje*.da

무관심   mu.gwan.sim
☞ 名 不關心

• track 086

▷ 나는 정치문제에 무관심하다.

我不關心政治問題。

na.neun/jo*ng.chi.mun.je.e/mu.gwan.sim.ha.da

무기	mu.gi
☞ 名 武器	

▷ 핵 무기.

核子武器。

he*k/mu.gi

무너지다	mu.no*.ji.da
☞ 動 倒塌、垮	

▷ 벽이 무너졌다.

牆壁垮了。

byo*.gi/mu.no*.jo*t.da

무대	mu.de*
☞ 名 舞臺	

▷ 무대 위에 서 있다.

站在舞台上。

mu.de*/wi.e/so*/it.da

무뚝뚝하다	mu.duk.du.ka.da
☞ 形 生硬	

▷ 무뚝뚝한 태도.

生硬的態度。

mu.duk.du.kan/te*.do

무리하다	mu.ri.ha.da
☞ 形 無理、過份	

➪무리한 부탁.

無理的請託。

mu.ri.han/bu.tak

무사히　　　　　mu.sa.hi
☞副 平安地

➪그는 무사히 돌아왔다.

他平安地回來了。

geu.neun/mu.sa.hi/do.ra.wat.da

무술　　　　　mu.sul
☞名 武術

➪무술 영화.

武打電影。

mu.sul/yo*ng.hwa

무심코　　　　　mu.sim.ko
☞副 無意、無心地

➪그는 무심코 비밀을 말해 버렸다.

他無意地將秘密講出來了。

geu.neun/mu.sim.ko/bi.mi.reul/mal.he*/bo*.ryo*t.da

무엇보다도　　　　　mu.o*t.bo.da.do
☞副 比什麼都…

➪건강은 무엇보다도 중요하다.

健康比什麼都還重要。

go*n.gang.eun/mu.o*t.bo.da.do/jung.yo.ha.da

무조건　　　　　mu.jo.go*n
☞副 無條件

➪나는 이 일에 대해 무조건 찬성이야.

對這件事，我無條件贊成。

na.neun/i/i.re/de*.he*/mu.jo.go*n/chan.so*ng.i.ya

무척	mu.cho*k
☞ 副 非常	

➪선물을 받고 무척 기뻐하다.

收到禮物，非常高興。

so*n.mu.reul/bat.go/mu.cho*k/gi.bo*.ha.da

묵다	muk.da
☞ 動 停留、住宿	

➪두 사람 묵을 방이 있나요?

有兩人住的房間嗎？

du/sa.ram/mu.geul/bang.i/in.na.yo

묶다	muk.da
☞ 動 捆、捆綁	

➪끈으로 묶다.

用繩子捆綁。

geu.neu.ro/muk.da

문병하다	mun.byo*ng.ha.da
☞ 動 探病	

➪입원 중인 친척을 문병하다.

探視住院中的親戚。

i.bwon/jung.in/chin.cho*.geul/mun.byo*ng.ha.da

문의	mu.nui
☞ 名 詢問	

⇨ 길 문의.

問路。

gil/mu.nui

묻다   mut.da

☞ 動 埋、埋葬

⇨ 물건을 땅에 묻다.

將物品埋在地下。

mul.go*.neul/dang.e/mut.da

물살   mul.sal

☞ 名 水勢

⇨ 물살이 세다.

水勢強。

mul.sa.ri/se.da

물음   mu.reum

☞ 名 提問

⇨ 그녀는 내 물음에 대답을 안 했다.

她不回答我的提問。

geu.nyo*.neun/ne*/mu.reu.me/de*.da.beul/an/he*t.da

물자   mul.ja

☞ 名 物資

⇨ 물자가 풍부하다.

物資豐富。

mul.ja.ga/pung.bu.ha.da

물질   mul.jil

☞ 名 物質

▷ 물질에 대한 욕망.

對物質的慾望。

mul.ji.re/de*.han/yong.mang

뭉치다	mung.chi.da
☞ 動 凝結、凝聚	

▷ 피가 뭉치다.

血凝固。

pi.ga/mung.chi.da

뭐든지	mwo.deun.ji
☞ 圖 無論什麼	

▷ 뭐든지 하고 싶어하는 사람.

什麼事情都想做的人。

mwo.deun.ji/ha.go/si.po*.ha.neun/sa.ram

미납하다	mi.na.pa.da
☞ 動 未提交、未交	

▷ 학비를 미납하다.

未繳納學費。

hak.bi.reul/mi.na.pa.da

미덕	mi.do*k
☞ 图 美德	

▷ 미덕을 발휘하다.

發揮美德。

mi.do*.geul/bal.hwi.ha.da

미루다	mi.ru.da
☞ 動 推遲	

⇨ 일을 다음주로 미루다.

把事情推延到下週。

i.reul/da.eum.ju.ro/mi.ru.da

미소   mi.so
☞ 名 微笑

⇨ 행복의 미소.

幸福的微笑。

he*ng.bo.gui/mi.so

미역국   mi.yo*k.guk
☞ 名 海帶湯

⇨ 생일 때는 미역국을 먹어야 된다.

生日時，要喝海帶湯。

se*ng.il/de*.neun/mi.yo*k.gu.geul/mo*.go*.ya/dwen.da

미워하다   mi.wo.ha.da
☞ 動 討厭、厭惡

⇨ 나는 그사람을 미워한다.

我討厭那個人。

na.neun/geu.sa.ra.meul/mi.wo.han.da

미치다   mi.chi.da
☞ 動 瘋、發瘋

⇨ 당신 미쳤어?

你瘋了嗎？

dang.sin/mi.cho*.sso*

미치다   mi.chi.da
☞ 動 招致、帶來

☼영향을 미치다.

造成影響。

yo*ng.hyang.eul/mi.chi.da

믿다	mit.da
☞ 動 相信	

☼나는 그의 말을 믿는다.

我相信他的話。

na.neun/geu.ui/ma.reul/min.neun.da

믿음	mi.deum
☞ 名 相信、信任	

☼남의 믿음을 저버리다.

辜負別人的信任。

na.mui/mi.deu.meul/jjo*.bo*.ri.da

밀	mil
☞ 名 小麥	

☼밀밭.

麥田。

mil.bat

ㅂ

바깥   ba.gat
☞ 图 外面

⇨ 바깥 풍경이 아름답다.

外面的風景美麗。
ba.gat/pung.gyo*ng.i/a.reum.dap.da

바닥   ba.dak
☞ 图 地板

⇨ 땅바닥.

地面。
dang.ba.dak

바닷물   ba.dan.mul
☞ 图 海水

⇨ 바닷물은 마실 수 없다.

海水不能喝。
ba.dan.mu.reun/ma.sil/su/o*p.da

바둑   ba.duk
☞ 图 圍棋

⇨ 바둑을 두다.

下圍棋。
ba.du.geul/du.da

바람직하다   ba.ram.ji.ka.da
☞ 形 所希望的

➪바람직한 결과.

希望的結果。

ba.ram.ji.kan/gyo*l.gwa

박사	bak.ssa

☞ 图 博士

➪박사 학위를 받다.

得到博士學位。

bak.ssa/ha.gwi.reul/bat.da

반대	ban.de*

☞ 图 相反、反對

➪반대자.

反對者。

ban.de*.ja

반드시	ban.deu.si

☞ 副 必須、一定

➪나는 반드시 성공할 것이다.

我一定會成功。

na.neun/ban.deu.si/so*ng.gong.hal/go*.si.da

반면	ban.mal

☞ 图 另一方面

➪그녀는 똑똑한 반면 얼굴이 예쁘지 않다.

她很聰明，但另一方面卻不漂亮。

geu.nyo*.neun/dok.do.kan/ban.myo*n/o*l.gu.ri/ye.beu.ji/an.ta

반복하다	ban.bo.ka.da

☞ 動 反複

⇨ 같은 말을 반복해서 말하다.

反覆說一樣的話。

ga.teun/ma.reul/ban.bo.ke*.so*/mal.ha.da

반성하다	ban.so*ng.ha.da
☞ 動 反省

⇨ 자기의 실수를 반성하다.

反省自己的錯誤。

ja.gi.ui/sil.su.reul/ban.so*ng.ha.da

반짝반짝	ban.jjak.ban.jjak
☞ 副 一閃一閃

⇨ 반짝반짝 빛나다.

閃閃發亮。

ban.jjak.ban.jjak/bin.na.da

발견하다	bal.gyo*n.ha.da
☞ 動 發現

⇨ 잘못을 발견하다.

發現錯誤。

jal.mo.seul/bal.gyo*n.ha.da

발급하다	bal.geu.pa.da
☞ 動 發給、配發

⇨ 면허증을 발급하다.

發給執照。

myo*n.ho*.jeung.eul/bal.geu.pa.da

발뒤꿈치	bal.dwi.gum.chi
☞ 名 腳後跟

ㅁ발뒤꿈치를 다쳤다.

弄傷腳後跟。

bal.dwi.gum.chi.reul/da.cho*t.da

발명하다	bal.myo*ng.ha.da
☞ 動 發明	

ㅁ무기를 발명하다.

發明武器。

mu.gi.reul/bal.myo*ng.ha.da

발휘하다	bal.hwi.ha.da
☞ 動 發揮	

ㅁ실력을 발휘하다.

發揮實力。

sil.lyo*.geul/bal.hwi.ha.da

방문하다	bang.mun.ha.da
☞ 動 訪問、拜訪	

ㅁ친구를 방문하다.

拜訪朋友。

chin.gu.reul/bang.mun.ha.da

방지하다	bang.ji.ha.da
☞ 動 防止	

ㅁ재해를 방지하다.

防止災害。

je*.he*.reul/bang.ji.ha.da

방해하다	bang.he*.ha.da
☞ 動 防礙	

• track 097

⟡ 교통을 방해하다

妨礙交通。

gyo.tong.eul/bang.he*.ha.da

| 밭 | bat |
☞ 图 田地

⟡ 밭을 갈다.

耕地。

ba.teul/gal.da

| 배낭 | be*.nang |
☞ 图 背包

⟡ 배낭여행.

背包旅行。

be*.nang.yo*.he*ng

| 배탈나다 | be*.tal.la.da |
☞ 動 拉肚子

⟡ 너무 많이 먹어서 배탈났다.

吃太多拉肚子。

no*.mu/ma.ni/mo*.go*.so*/be*.tal.lat.da

| 뱀 | be*m |
☞ 图 蛇

⟡ 뱀을 잡다.

抓蛇。

be*.meul/jjap.da

| 버릇 | bo*.reut |
☞ 图 習慣、教養

⇨나쁜 버릇.

壞習慣。
na.beun/bo*.reut

번거롭다	bo*n.go*.rop.da
☞ 厖 繁瑣、複雜

⇨번거로운 일.

繁瑣的事情。
bo*n.go*.ro.un/il

번역하다	bo*.nyo*.ka.da
☞ 動 翻譯

⇨한국어를 중국어로 번역하다.

將韓文翻譯成中文。
han.gu.go*.reul/jjung.gu.go*.ro/bo*.nyo*.ka.da

벌	bo*l
☞ 图 罰、處罰

⇨벌을 받다.

受罰。
bo*.reul/bat.da

벌금	bo*l.geum
☞ 图 罰金

⇨벌금을 내다.

繳罰金。
bo*l.geu.meul/ne*.da

벌리다	bo*l.li.da
☞ 動 張開

➪ 입을 벌리다.

張開嘴巴。

i.beul/bo*l.li.da

범죄	bo*m.jwe
☞ 名 犯罪

➪ 범죄를 저지르다.

犯罪。

bo*m.jwe/reul/jjo*.ji.reu.da

법	bo*p
☞ 名 法、法律

➪ 시민은 반드시 법을 지켜야 한다.

市民一定要守法。

si.mi.neun/ban.deu.si/bo*.beul/jji.kyo*.ya/han.da

벗어나다	bo*.so*.na.da
☞ 動 脫離

➪ 그는 죽음에서 벗어났다.

他脫離了死亡。

geu.neun/ju.geu.me.so*/bo*.so*.nat.da

베다	be.da
☞ 動 切、割、砍

➪ 나무를 베다.

砍樹。

na.mu.reul/be.da

벨소리	bel.so.ri
☞ 名 鈴聲

☼ 벨소리가 울리다.

鈴聲響起。

bel.so.ri.ga/ul.li.da

변경하다   byo*n.gyo*ng.ha.da
☞ 動 變更

☼ 계획을 변경하다.

變更計畫。

gye.hwe.geul/byo*n.gyo*ng.ha.da

변명하다   byo*n.myo*ng.ha.da
☞ 動 辯解、解釋

☼ 너 또 무슨 변명을 할 거야?

你又要辯解什麼？

no*/do/mu.seun/byo*n.myo*ng.eul/hal/go*.ya

별도   byo*l.do
☞ 图 另外

☼ 세금은 별도로 받다.

稅金另收。

se.geu.meun/byo*l.do.ro/bat.da

별명   byo*l.myo*ng
☞ 图 綽號、外號

☼ 별명을 붙이다.

取外號。

byo*l.myo*ng.eul/bu.chi.da

보관하다   bo.gwan.ha.da
☞ 動 保管

▷물건을 보관하다.

保管物品。

mul.go*.neul/bo.gwan.ha.da

보도	bo.do
☞ 图 報導	

▷신문 보도.

新聞報導。

sin.mun/bo.do

보람	bo.ram
☞ 图 價值、意義	

▷노력한 보람이 있다.

有努力的價值。

no.ryo*.kan/bo.ra.mi/it.da

보여주다	bo.yo*.ju.da
☞ 動 給…看	

▷신분증을 좀 보여 주시겠어요?

身份證可以給我看一下嗎？

sin.bun.jeung.eul/jjom/bo.yo*/ju.si.ge.sso*.yo

보험	bo.ho*m
☞ 图 保險	

▷보험료.

保險費。

bo.ho*m.nyo

복	bok
☞ 图 福、福氣	

➪ 새해 복 많이 받으세요.

新年快樂。

se*.he*/bok/ma.ni/ba.deu.se.yo

| 복권 | bok.gwon |

☞ 图 獎券、彩票

➪ 체육 복권.

體育獎券。

che.yuk/bok.gwon

| 복사하다 | bok.ssa.ha.da |

☞ 動 影印

➪ 서류를 복사하다.

影印資料。

so*.ryu.reul/bok.ssa.ha.da

| 복습하다 | bok.sseu.pa.da |

☞ 動 複習

➪ 수학을 복습하다.

複習數學。

su.ha.geul/bok.sseu.pa.da

| 봉사하다 | bong.sa.ha.da |

☞ 動 服務、奉獻

➪ 사회에 봉사하다.

服務社會。

sa.hwe.e/bong.sa.ha.da

| 부가 | bu.ga |

☞ 图 附加

⇨ 부가 가치.

附加價值。
bu.ga/ga.chi

부끄럽다	bu.geu.ro*p.da

☞ 形 害羞的

⇨ 그는 너무 부끄러워서 얼굴을 붉혔다.

他太害羞，臉都紅了。
geu.neun/no*.mu/bu.geu.ro*.wo.so*/o*l.gu.reul/bu.kyo*t.da

부담	bu.dam

☞ 名 負擔

⇨ 부담이 되다.

成為負擔。
bu.da.mi/dwe.da

부동산	bu.dong.san

☞ 名 房地產、不動產

⇨ 부동산업자.

不動產業者。
bu.dong.sa.no*p.jja

부딪치다	bu.dit.chi.da

☞ 動 沖撞

⇨ 자동차가 서로 부딪쳤다.

車子互相衝撞。
ja.dong.cha.ga/so*.ro/bu.dit.cho*t.da

부엌	bu.o*k

☞ 名 廚房

➪부엌에서 음식을 요리하다.

在廚房做菜。

bu.o*.ke.so*/eum.si.geul/yo.ri.ha.da

부자	bu.ja
☞ 图 富翁	

➪돈을 많이 벌어야 부자가 된다.

錢要賺得多，才能成為富翁。

do.neul/ma.ni/bo*.ro*.ya/bu.ja.ga/dwen.da

부족하다	bu.jo.ka.da
☞ 形 不足、不夠	

➪재료가 부족하다.

材料不足。

je*.ryo.ga/bu.jo.ka.da

부지런하다	bu.ji.ro*n.ha.da
☞ 形 勤奮、勤勞	

➪부지런한 생활.

勤奮的生活。

bu.ji.ro*n.han/se*ng.hwal

분량	bul.lyang
☞ 图 份量	

➪분량을 줄이다.

減少份量。

bul.lyang.eul/jju.ri.da

분명하다	bun.myo*ng.ha.da
☞ 形 明顯、分明	

⇨분명한 구별.

明顯的區別。

bun.myo*ng.han/gu.byo*l

분실하다　　　　bun.sil.ha.da
☞ 動　遺失

⇨짐을 분실하다.

遺失行李。

ji.meul/bun.sil.ha.da

불리하다　　　　bul.li.ha.da
☞ 形　不利的

⇨불리한 상황.

不利的狀況。

bul.li.han/sang.hwang

불쌍하다　　　　bul.ssang.ha.da
☞ 形　可憐、憐憫

⇨불쌍한 사람을 돕다.

幫助可憐的人。

bul.ssang.han/sa.ra.meul/dop.da

불쾌하다　　　　bul.kwe*.ha.da
☞ 動　不悅、不舒服

⇨불쾌한 표정.

不悅的表情。

bul.kwe*.han/pyo.jo*ng

불편하다　　　　bul.pyo*n.ha.da
☞ 形　不方便、不舒服

➪교통이 불편하다.

交通不便。

gyo.tong.i/bul.pyo*n.ha.da

불평	bul.pyo*ng

☞图 不滿、委屈

➪불평을 품다.

懷有不滿。

bul.pyo*ng.eul/pum.da

불행	bul.he*ng

☞图 不幸

➪불행을 당하다.

遭遇不幸。

bul.he*ng.eul/dang.ha.da

비결	bi.gyo*l

☞图 秘訣

➪성공의 비결이 뭐예요?

成功的秘訣是什麼?

so*ng.gong.ui/bi.gyo*.ri/mwo.ye.yo

비교하다	bi.gyo.ha.da

☞動 比較

➪이것과 그것의 품질을 비교해 보다.

比較這個和那個的品質。

i.go*t.gwa/geu.go*.sui/pum.ji.reul/bi.gyo.he*/bo.da

비둘기	bi.dul.gi

☞图 鴿子

➪ 비둘기는 평화의 상징이다.

鴿子是和平的象徵。

bi.dul.gi.neun/pyo*ng.hwa.ui/sang.jing.i.da

비록	bi.rok
☞ 圃 雖然	

➪ 비록 값은 비싸지만 품질이 아주 좋다.

雖然價格昂貴，但品質很好。

bi.rok/gap.sseun/bi.ssa.ji.man/pum.ji.ri/a.ju/jo.ta

비비다	bi.bi.da
☞ 勔 拌、攪拌	

➪ 밥을 비비다.

拌飯。

ba.beul/bi.bi.da

비슷하다	bi.seu.ta.da
☞ 圏 相似	

➪ 그 둘은 나이가 비슷하다.

他們兩個年紀相似。

geu/du.reun/na.i.ga/bi.seu.ta.da

비용	bi.yong
☞ 图 費用	

➪ 비용이 들다.

花費用。

bi.yong.i/deul.da

비율	bi.yul
☞ 图 比率	

➪우리 반 남학생 대 여학생의 비율은 1 대 3 이다.

我們班男學生比女學生的比率是 1 比 3。

u.ri/ban/nam.hak.sse*ng/de*/yo*.hak.sse*ng.ui/bi.yu.reun/il.de*/sa.mi.da

빈말	bin mal
☞图 空話、客套話

➪빈말이라도 고마워요.

就算是客套話，也謝謝你。

bin.ma.ri.ra.do/go.ma.wo.yo

빚	bit
☞图 債務

➪빚을 갚다.

還債。

bi.jeul/gap.da

빛나다	bin.na.da
☞形 發光

➪빛나는 별.

發光的星星。

bin.na.neun/byo*l

빠지다	ba.ji.da
☞動 掉入、陷入

➪물에 빠지다.

掉入水中。

mu.re/ba.ji.da

빼앗다　　be*.at.da
☞ 動 搶奪

⇨ 은행의 돈을 빼앗다.

搶奪銀行的錢。
eun.he*ng.ui/do.neul/be*.at.da

뺨　　byam
☞ 名 臉頰

⇨ 뺨을 붉히다.

臉紅。
bya.meul/bu.ki.da

뽑다　　bop.da
☞ 動 拔

⇨ 풀을 뽑다.

拔草。
pu.reul/bop.da

뿌리　　bu.ri
☞ 名 根

⇨ 나무 뿌리.

樹根。
na.mu/bu.ri

뿔　　bul
☞ 名 (動物)角

⇨ 사슴의 뿔.

鹿角。
sa.seu.mui/bul

人

사건　　　sa.go*n
☞ 名　事件、案件

⇨ 살인 사건.

殺人案件。

sa.rin/sa.go*n

사고　　　sa.go
☞ 名　思考

⇨ 사고력.

思考能力。

sa.go.ryo*k

사과　　　sa.gwa
☞ 名　道歉

⇨ 남의 사과를 받지 않는다.

不接受別人的道歉。

na.mui/sa.gwa.reul/bat.jji/an.neun.da

사귀다　　　sa.gwi.da
☞ 動　結交

⇨ 친구를 사귀다.

結交朋友。

chin.gu.reul/ssa.gwi.da

사라지다　　　sa.ra.ji.da
☞ 動　消失、消逝

⇨ 사람들이 하나 둘 사라지다.

人們一個個消失。

sa.ram.deu.ri/ha.na/dul/sa.ra.ji.da

사랑스럽다　　　sa.rang.seu.ro*p.da
☞ 形　可愛

⇨ 사랑스러운 표정.

可愛的表情。

sa.rang.seu.ro*.un/pyo.jo*ng

사망　　　　　　sa.mang
☞ 名　死亡

⇨ 사망자.

死亡者。

sa.mang.ja

사소하다　　　　sa.so.ha.da
☞ 形　瑣碎、細微

⇨ 사소한 일.

瑣事。

sa.so.han/il

사실　　　　　　sa.sil
☞ 名　事實

⇨ 사실을 말하다.

述說事實。

sa.si.reul/mal.ha.da

사실적　　　　　sa.sil.jo*k
☞ 名冠　寫實、事實

➪사실적인 묘사.

寫實的描寫。

sa.sil.jo*.gin/myo.sa

사업	sa.o*p

☞ 图 事業、工作

➪사업을 확장하다.

擴張事業。

sa.o*.beul/hwak.jjang.ha.da

사유	sa.yu

☞ 图 原因、原由

➪사유를 밝히다.

闡明原由。

sa.yu.reul/ba.ki.da

사진관	sa.jin.gwan

☞ 图 照相館

➪사진관에서 사진을 찍다.

在照相館拍照。

sa.jin.gwa.ne.so*/sa.ji.neul/jjik.da

사회	sa.hwe

☞ 图 社會

➪사회 질서.

社會秩序。

sa.hwe/jil.so*

산길	san.gil

☞ 图 山路

⤷ 험한 산길.

險峻的山路。

ho*m.han/san.gil

산소　　　　　　san.so
☞ 图 墳墓

⤷ 할아버지 산소를 벌초했다.

修整祖父的墳墓。

ha.ra.bo*.ji/san.so.reul/bo*l.cho.he*t.da

산업화　　　　　sa.no*.pwa
☞ 图 產業化

⤷ 발달한 산업화 사회.

發達的產業化社會。

bal.dal.han/sa.no*.pwa/sa.hwe

살　　　　　　　sal
☞ 图 肉、肌肉

⤷ 살 빼기.

減肥。

sal/be*.gi

살리다　　　　　sal.li.da
☞ 動 拯救

⤷ 사람을 살리다.

救人。

sa.ra.meul/ssal.li.da

살림살이　　　　sal.lim.sa.ri
☞ 图 生活、過日子

⇨살림살이가 어렵다.

生活困難。

sal.lim.sa.ri.ga/o*.ryo*p.da

삶	sam
☞ 图 生活、人生	

⇨비참한 삶을 살다.

過著悲慘的生活。

bi.cham.han/sal.meul/ssal.da

상관	sang.gwan
☞ 图 相關	

⇨너랑 상관 없는 일이다.

和你無關的事。

no*.rang/sang.gwan/o*m.neun/i.ri.da

상담	sang.dam
☞ 图 商談	

⇨상담실.

諮詢室。

sang.dam.sil

상대방	sang.de*.bang
☞ 图 對方	

⇨상대방을 쳐다 보다.

注視對方。

sang.de*.bang.eul/cho*.da/bo.da

상상력	sang.sang.nyo*k
☞ 图 想像力	

➪상상력이 풍부하다.

想像力豐富。

sang.sang.nyo*.gi/pung.bu.ha.da

상상하다　　　sang.sang.ha.da
☞ 名 想像

➪미래를 상상하다.

想像未來。

mi.re*.reul/ssang.sang.ha.da

상승하다　　　sang.seung.ha.da
☞ 動 上升

➪기온이 상승하다.

氣溫上升。

gi.o.ni/sang.seung.ha.da

상식　　　　　sang.sik
☞ 名 常識

➪법률에 관한 상식.

有關法律的常識。

bo*m.nyu.re/gwan.han/sang.sik

상업　　　　　sang.o*p
☞ 名 商業

➪그는 상업에 종사한다.

他從事商業。

geu.neun/sang.o*.be/jong.sa.han.da

상영하다　　　sang.yo*ng.ha.da
☞ 動 上映、放映

⇩ 영화를 상영하다.

放映電影。

yo*ng.hwa.reul/ssang.yo*ng.ha.da

상인	sang.in

☞ 图 商人

⇩ 시장 상인.

市場商人。

si.jang/sang.in

상쾌하다	sang.kwe*.ha.da

☞ 刑 爽快、舒暢

⇩ 기분이 상쾌하다.

心情舒暢。

gi.bu.ni/sang.kwe*.ha.da

상태	sang.te*

☞ 图 狀態

⇩ 긴급 상태.

緊急狀態。

gin.geup/sang.te*

상하다	sang.ha.da

☞ 動 腐壞、傷心

⇩ 속이 상하다.

傷心。

so.gi/sang.ha.da

상황	sang.hwang

☞ 图 狀況、情況

✑지금은 무슨 상황이야?

現在是什麼情況？
ji.geu.meun/mu.seun/sang.hwang.i.ya

새   se*
☞ 冠 新

✑새 차.

新車。
se*/cha

새롭다   se*.rop.da
☞ 形 新、猶新

✑새로운 기술.

新技術。
se*.ro.un/gi.sul

새우다   se*.u.da
☞ 動 熬（夜）

✑밤을 새우다.

熬夜。
ba.meul/sse*.u.da

새해   se*.he*
☞ 名 新年

✑새해를 맞이하다.

迎接新年。
se*.he*.reul/ma.ji.ha.da

생각   se*ng.gak
☞ 名 想法

➪ 다른 좋은 생각 없어요?

沒有其他好的想法嗎？

da.reun/jo.eun/se*ng.gak/o*p.sso*.yo

생김새　　　　se*ng.gim.se*
☞ 图　長相

➪ 생김새가 예쁘다.

長相漂亮。

se*ng.gim.se*.ga/ye.beu.da

생략하다　　　　se*ng.nya.ka.da
☞ 動　省略

➪ 이 부분을 생략하세요.

請省略這個部份。

i/bu.bu.neul/sse*ng.nya.ka.se.yo

생명　　　　se*ng.myo*ng
☞ 图　生命

➪ 생명력.

生命力。

se*ng.myo*ng.nyo*k

생산　　　　se*ng.san
☞ 图　生產

➪ 생산량.

生產量

se*ng.san.nyang

생신　　　　se*ng.sin
☞ 图　生辰、生日

⇨ 할머니 생신이 언제죠?

奶奶的生辰是何時？

hal.mo*.ni/se*ng.si.ni/o*n.je.jyo

생존　　　　　se*ng.jon
☞ 图　生存

⇨ 생존 기회.

生存機會。

se*ng.jon/gi.hwe

샴푸　　　　　syam.pu
☞ 图　洗髮精

⇨ 샴푸로 머리를 감다.

用洗髮精洗頭。

syam.pu.ro/mo*.ri.reul/gam.da

서두르다　　　so*.du.reu.da
☞ 動　趕忙、趕緊

⇨ 서둘러라. 많이 늦었다.

趕快！很晚了。

o*.dul.lo*.ra//ma.ni/neu.jo*t.da

서랍　　　　　so*.rap
☞ 图　抽屜

⇨ 서랍 안에 가족 사진이 있다.

抽屜內有家人的照片。

so*.rap/a.ne/ga.jok/sa.ji.ni/it.da

서럽다　　　　so*.ro*p.da
☞ 形　悲傷、難過

⇨서럽게 울다.

傷心地哭。

so*.ro*p.ge/ul.da

서로   so*.ro
☞ 副 相互

⇨서로 돕다.

互相幫忙。

so*.ro/dop.da

서리   so*.ri
☞ 名 霜

⇨서리가 내리다.

下霜。

so*.ri.ga/ne*.ri.da

서명   so*.myo*ng
☞ 名 署名、簽名

⇨계약서에 서명하다.

在契約書上簽名。

gye.yak.sso*.e/so*.myo*ng.ha.da

서부   so*.bu
☞ 名 西部

⇨올해 서부 여행을 갈까요?

今年要不要去西部旅行?

ol.he*/so*.bu/yo*.he*ng.eul/gal.ga.yo

서운하다   so*.un.ha.da
☞ 形 遺憾、惋惜

▷그녀의 대답이 몹시 서운하다.

她的回答相當令人惋惜。

geu.nyo*.ui/de*.da.bi/mop.ssi/so*.un.ha.da

서적　　　　　　　so*.jo*k
☞ 名　書籍

▷서적을 판매하다.

販賣書籍。

so*.jo*.geul/pan.me*.ha.da

섞다　　　　　　　so*k.da
☞ 動　混合

▷밥과 국을 섞어서 먹다.

將飯和湯混在一起吃。

bap.gwa/gu.geul/sso*.go*.so*/mo*k.da

설　　　　　　　　so*l
☞ 名　元旦、新年

▷설을 쇠다.

過新年。

so*.reul/sswe.da

설득하다　　　　　so*l.deu.ka.da
☞ 動　説服

▷자식이 부모를 설득하다.

子女說服父母。

ja.si.gi/bu.mo.reul/sso*l.deu.ka.da

섬세하다　　　　　so*m.se.ha.da
☞ 形　細膩、細緻

➪ 묘사가 매우 섬세하다.

描寫非常細膩。

myo.sa.ga/me*.u/so*m.se.ha.da

섭섭하다	so*p.sso*.pa.da
☞ 形 捨不得、遺憾	

➪ 친구와 이별하게 되어 섭섭하다.

與朋友分離，非常不捨。

chin.gu.wa/i.byo*l.ha.ge/dwe.o*/so*p.sso*.pa.da

성공	so*ng.gong
☞ 名 成功	

➪ 실험은 대성공이다.

實驗很成功。

sil.ho*.meun/de*.so*ng.gong.i.da

성냥	so*ng.nyang
☞ 名 火柴	

➪ 성냥갑.

火柴盒。

so*ng.nyang.gap

성분	so*ng.bun
☞ 名 成分	

➪ 샴푸의 성분이 무엇인지 알고 싶다.

想知道洗髮精的成份是什麼。

syam.pu.ui/so*ng.bu.ni/mu.o*.sin.ji/al.go/sip.da

성인	so*ng.in
☞ 名 成人	

⇨ 성인이 되다.

成為大人。

so*ng.i.ni/dwe.da

성장　　　　　　so*ng.jang
☞ 图 成長

⇨ 경제 성장이 빠르다.

經濟成長快速。

gyo*ng.je/so*ng.jang.i/ba.reu.da

성향　　　　　　so*ng.hyang
☞ 图 傾向、趨向

⇨ 정치적 성향이 강하다.

政治性傾向強烈。

jo*ng.chi.jo*k/so*ng.hyang.i/gang.ha.da

세계화　　　　　se.gye.hwa
☞ 图 世界化、全球化

⇨ 세계화경영.

世界化經營。

se.gye.hwa.gyo*ng.yo*ng

세금　　　　　　se.geum
☞ 图 税金

⇨ 이 각격은 세금도 포함된 가격인가요?

這價格也包含税金嗎？

i/gak.gyo*.geun/se.geum.do/po.ham.dwen/ga.gyo*.
gin.ga.yo

세기　　　　　　se.gi
☞ 图 世紀

➪ 새로운 세기가 시작되다.

新的世紀開始了。

se*.ro.un/se.gi.ga/si.jak.dwe.da

세대 se.de*
☞ 名 世代

➪ 세대 교체.

世代交替。

se.de*/gyo.che

세상 se.sang
☞ 名 世界、天下

➪ 세상에 결점이 없는 사람은 없다.

世界上沒有無缺點的人。

se.sang.e/gyo*l.jo*.mi/o*m.neun/sa.ra.meun/o*p.da

세우다 se.u.da
☞ 動 建立

➪ 학교를 세우다.

建立學校。

hak.gyo.reul/sse.u.da

세차 se.cha
☞ 名 洗車

➪ 세차장.

洗車場。

se.cha.jang

세탁 se.tak
☞ 名 洗滌

✑ 세탁소.

洗衣店。

se.tak.sso

소극적   so.geuk.jjo*k

☞ 名冠 消極

✑ 소극적 태도.

消極的態度。

so.geuk.jjo*k/te*.do

소년   so.nyo*n

☞ 名 少年

✑ 청소년.

青少年。

cho*ng.so.nyo*n

소문   so.mun

☞ 名 傳聞、消息

✑ 소문이 퍼지다.

消息傳開。

so.mu.ni/po*.ji.da

소비   so.bi

☞ 名 消費

✑ 소비자.

消費者。

so.bi.ja

소심하다   so.sim.ha.da

☞ 名 膽小、謹慎

⇨그녀는 성격이 소심하다.

她的性格謹慎。

geu.nyo*.neun/so*ng.gyo*.gi/so.sim.ha.da

소주	so.ju
☞ 图 燒酒	

⇨소주병.

燒酒瓶。

so.ju.byo*ng

소중하다	so.jung.ha.da
☞ 形 珍貴、貴重	

⇨소중한 사람.

珍貴的人。

so.jung.han/sa.ram

소풍	so.pung
☞ 图 兜風、遠足	

⇨야외로 소풍을 가다.

去郊外遠足。

ya.we.ro/so.pung.eul/ga.da

속도	sok.do
☞ 图 速度	

⇨기차는 달리는 속도가 빠르다.

火車奔馳的速度很快。

gi.cha.neun/dal.li.neun/sok.do.ga/ba.reu.da

속상하다	sok.ssang.ha.da
☞ 動 傷心、難過	

▷그는 속상해하는 것 같았다.

他似乎很傷心。

geu.neun/sok.ssang.he*.ha.neun/go*t/ga.tat.da

손자	son.ja
☞ 图 孫子	

▷손자가 태어났다.

孫子出生了。

son.ja.ga/te*.o*.nat.da

손해	son.he*
☞ 图 損害	

▷손해 배상.

損害賠償。

son.he*/be*.sang

솔직하다	sol.jji.ka.da
☞ 形 誠實、坦率	

▷그는 솔직한 사람이다.

他是坦率的人。

geu.neun/sol.jji.kan/sa.ra.mi.da

솜씨	som.ssi
☞ 图 才藝、手藝	

▷요리 솜씨가 좋다.

料理手藝好。

yo.ri/som.ssi.ga/jo.ta

수단	su.dan
☞ 图 手段、方法	

➪수단과 방법을 가리지 않다.

不擇手段與方法。

su.dan.gwa/bang.bo*.beul/ga.ri.ji/an.ta

수량　　　　　　　　su.ryang
☞ 图 數量

➪상품 수량을 계산하다.

計算商品數量。

sang.pum/su.ryang.eul/gye.san.ha.da

수리하다　　　　　　su.ri.ha.da
☞ 動 修理

➪고장난 전기를 수리하다.

修理壞掉的電器。

go.jang.nan/jo*n.gi.reul/ssu.ri.ha.da

수명　　　　　　　　su.myo*ng
☞ 图 壽命

➪이 기계의 수명은 5년이다.

這機器的壽命是 5 年。

i/gi.gye.ui/su.myo*ng.eun/o.nyo*.ni.da

수수료　　　　　　　su.su.ryo
☞ 图 手續費

➪등기 수수료.

登記手續費。

deung.gi/su.su.ryo

수수하다　　　　　　su.su.ha.da
☞ 形 普通、樸素

❖그는 늘 수수한 옷을 입는다.

他總是穿樸素的衣服。

geu.neun/neul/ssu.su.han/o.seul/im.neun.da

수술	su.sul
☞ 图 手術	

❖수술은 성공적이었다.

手術很成功。

su.su.reun/so*ng.gong.jo*.gi.o*t.da

수준	su.jun
☞ 图 水準	

❖수준이 높다.

水準高。

su.ju.ni/nop.da

수집	su.jip
☞ 图 收集、收藏	

❖우표를 수집하다.

收集郵票。

u.pyo.reul/ssu.ji.pa.da

수표	su.pyo
☞ 图 支票	

❖수표를 발행하다.

發行支票。

su.pyo.reul/bal.he*ng.ha.da

수필	su.pil
☞ 图 隨筆	

Part 1 TOPIK 必備單詞 中級

• track 130

⇨수필가.
隨筆家。
su.pil.ga

숙이다　su.gi.da
☞ 動　低下（頭）

⇨머리를 숙이다.
低頭。
mo*.ri.reul/ssu.gi.da

순간　sun.gan
☞ 图　瞬間

⇨결정적인 순간.
決定性的瞬間。
gyo*l.jo*ng.jo*.gin/sun.gan

순진하다　sun.jin.ha.da
☞ 形　天真、純真

⇨순진한 시골 사람.
純真的鄉下人。
sun.jin.han/si.gol/sa.ram

스스로　seu.seu.ro
☞ 副　自行、獨自

⇨스스로 문제를 해결했다.
獨自解決了問題。
seu.seu.ro/mun.je.reul/he*.gyo*l.he*t.da

스승　seu.seung
☞ 图　師傅、老師

◀ 143

⇨스승의 날.

教師節。

seu.seung.ui/nal

슬기롭다   seul.gi.rop.da
☞ 形 機智、機靈

⇨그것은 슬기로운 행동이다.

那是機智的行動。

geu.go*.seun/seul.gi.ro.un/he*ng.dong.i.da

승용차   seung.yong.cha
☞ 名 轎車、汽車

⇨승용차를 한 대 샀다.

買了一台小汽車。

seung.yong.cha.reul/han/de*/sat.da

시력   si.ryo*k
☞ 名 視力

⇨시력 검사.

視力檢查。

si.ryo*k/go*m.sa

시상하다   si.sang.ha.da
☞ 動 頒獎

⇨우승자에게 시상하다.

頒獎給優勝者。

u.seung.ja.e.ge/si.sang.ha.da

시작   si.jak
☞ 名 開始

⇨ 좋은 시작.

好的開始。

jo.eun/si.jak

시장　　　　　si.jang
☞ 图 市長

⇨ 시장 선거.

市長選舉。

si.jang/so*n.go*

시청률　　　　si.cho*ng.nyul
☞ 图 收視率

⇨ 시청률을 조사하다.

調查收視率。

si.cho*ng.nyu.reul/jjo.sa.ha.da

시키다　　　　si.ki.da
☞ 動 指使

⇨ 사장님이 직원에게 일을 시키다.

社長指使職員工作。

sa.jang.ni.mi/ji.gwo.ne.ge/i.reul/ssi.ki.da

시험에 붙다　　si.ho*.me but.da
☞ 慣 考試合格

⇨ 입학 시험에 붙다.

入學考試合格。

i.pak/si.ho*.me/but.da

식량　　　　　sing.nyang
☞ 图 糧食

⇨ 식량을 배급하다.

配給糧食。

sing.nyang.eul/be*.geu.pa.da

식물   sing.mul
☞ 名 植物

⇨ 식물을 채집하다.

採集植物。

sing.mu.reul/che*.ji.pa.da

식욕   si.gyok
☞ 名 食欲

⇨ 식욕을 잃다.

沒有食慾。

si.gyo.geul/il.ta

식히다   si.ki.da
☞ 動 放涼

⇨ 식기 전에 얼른 드세요.

冷掉之前,快請用吧!

sik.gi/jo*.ne/o*l.leun/deu.se.yo

신경 쓰다   sin.gyo*ng sseu.da
☞ 動 操心

⇨ 신경쓰지 마, 다 좋아질 거야.

別操心,一切都會好的。

sin.gyo*ng.sseu.ji/ma//da/jo.a.jil/go*.ya

신고   sin.go
☞ 名 申報、報案

⮕ 신고처.

申報處。

sin.go.cho*

신나다   sin.na.da

☞ 動 開心、興高采烈

⮕ 신나는 모습.

開心的模樣。

sin.na.neun/mo.seup

신비하다   sin.bi.ha.da

☞ 形 神秘的

⮕ 여기는 신비한 곳이다.

這裡是神秘的地方。

yo*.gi.neun/sin.bi.han/go.si.da

신선하다   sin.so*n.ha.da

☞ 形 新鮮

⮕ 신선한 해산물.

新鮮的海鮮。

sin.so*n.han/he*.san.mul

신세대   sin.se.de*

☞ 名 新一代、新世代

⮕ 신세대 문화.

新一代文化。

sin.se.de*/mun.hwa

신인   si.nin

☞ 名 新人

⟡그녀는 신인 배우다.

她是新人演員。
geu.nyo*.neun/si.nin/be*.u.da

신제품　　　sin.je.pum
☞ 名　新產品

⟡신제품을 개발하다.

開發新產品。
sin.je.pu.meul/ge*.bal.ha.da

신중하다　　　sin.jung.ha.da
☞ 形　慎重

⟡신중하게 선택하세요.

請慎重做選擇。
sin.jung.ha.ge/so*n.te*.ka.se.yo

신청하다　　　sin.cho*ng.ha.da
☞ 動　申請

⟡대출을 신청하다.

申請貸款。
de*.chu.reul/ssin.cho*ng.ha.da

신체　　　sin.che
☞ 名　身體

⟡건강한 신체.

健康的身體。
go*n.gang.han/sin.che

실내　　　sil.le*
☞ 名　室內

⇨실내 장식.

室內裝飾。

sil.le*/jang.sik

실력　　　　　　sil.lyo*k
☞ 图 實力

⇨영어 실력이 뛰어나다.

英語實力強。

yo*ng.o*/sil.lyo*.gi/dwi.o*.na.da

실망　　　　　　sil.mang
☞ 图 失望

⇨나를 실망시키지 마.

別讓我失望。

na.reul/ssil.mang.si.ki.ji/ma

실제　　　　　　sil.je
☞ 图 實際

⇨실제무게.

實際重量。

sil.je.mu.ge

실험　　　　　　sil.ho*m
☞ 图 實驗

⇨과학 실험.

科學實驗。

gwa.hak/sil.ho*m

심각하다　　　　sim.ga.ka.da
☞ 形 嚴重

⇨심각한 상황.

嚴重的情況。

sim.ga.kan/sang.hwang

심리	sim.ni
☞ 名 心理

⇨심리학자.

心理學家。

sim.ni.hak.jja

심부름	sim.bu.reum
☞ 名 跑腿

⇨그는 내게 심부름을 시켰다.

他吩咐我去跑腿。

geu.neun/ne*.ge/sim.bu.reu.meul/ssi.kyo*t.da

심장	sim.jang
☞ 名 心臟

⇨심장병.

心臟病。

sim.jang.byo*ng

심정	sim.jo*ng
☞ 名 心情

⇨지금 내 심정이 어떤지 알아?

你懂我現在的心情嗎?

ji.geum/ne*/sim.jo*ng.i/o*.do*n.ji/a.ra

심지어	sim.ji.o*
☞ 副 甚至

⇨그는 심지어 자기 이름도 모른다.

他甚至連自己的名字也不知道。

geu.neun/sim.ji.o*/ja.gi/i.reum.do/mo.reun.da

싱겁다	sing.go*p.da
☞ 形 (味道)淡

⇨맛이 싱겁다.

味道淡。

ma.si/sing.go*p.da

쌓다	ssa.ta
☞ 動 堆積、累積

⇨경험을 쌓다.

累積經驗。

gyo*ng.ho*.meul/ssa.ta

씨름	ssi.reum
☞ 名 摔跤

⇨씨름 경기.

摔跤比賽。

ssi.reum/gyo*ng.gi

아끼다   a.gi.da
☞ 動 節省、愛惜

▷ 시간을 아끼다.

愛惜時間。
si.ga.neul/a.gi.da

아르바이트   a.reu.ba.i.teu
☞ 名 兼職打工

▷ 아르바이트로 돈을 벌다.

靠打工賺錢。
a.reu.ba.i.teu.ro/do.neul/bo*l.da

아무나   a.mu.na
☞ 名 任何人

▷ 이건 아무나 할 수 있는 일이 아니다.

這不是任何人都可以做的事情。
i.go*n/a.mu.na/hal/ssu/in.neun/i.ri/a.ni.da

아무리   a.mu.ri
☞ 副 多麼

▷ 아무리 노력해도 성공하지 못한다.

不管多麼努力，還是無法成功。
a.mu.ri/no.ryo*.ke*.do/so*ng.gong.ha.ji/mo.tan.da

아무튼   a.mu.teun
☞ 副 不管怎樣、總之

⟡아무튼 이번에는 나를 믿어.

總之，這次相信我。

a.mu.teun/i.bo*.ne.neun/na.reul/mi.do*

아이디어　　　　　a.i.di.o*
☞ 图　主意、想法

⟡좋은 아이디어.

好主意。

jo.eun/a.i.di.o*

아직도　　　　　　a.jik.do
☞ 圓　依然

⟡아버지, 아직도 안 주무세요?

爸爸，您還沒睡？

a.bo*.ji./a.jik.do/an/ju.mu.se.yo

악하다　　　　　　a.ka.da
☞ 囮　惡毒

⟡악한 짓.

惡毒的行為。

a.kan/jit

안개　　　　　　　an.ge*
☞ 图　霧

⟡안개가 건히다.

霧散。

an.ge*.ga/go*.chi.da

안내　　　　　　　an.ne*
☞ 图　引導、指南

⇨ 리조트 안내를 하다.

帶領參觀渡假村。

ri.jo.teu/an.ne*.reul/ha.da

안심   an.sim
☞ 图 安心

⇨ 이제 안심이 된다.

現在放心了。

i.je/an.si.mi/dwen.da

안정   an.jo*ng
☞ 图 穩定

⇨ 안정 상태.

穩定狀態。

an.jo*ng/sang.te*

안타깝다   an.ta.gap.da
☞ 形 焦急、可惜

⇨ 안타깝게 소식을 기다리다.

焦急地等待消息。

an.ta.gap.ge/so.si.geul/gi.da.ri.da

알코올   al.ko.ol
☞ 图 酒精

⇨ 알코올 중독.

酒精中毒。

al.ko.ol/jung.dok

앞당기다   ap.dang.gi.da
☞ 動 提前、提早

➪ 이틀 앞당겨 떠나려고 합니다.

打算提早兩天離開。

i.teul/ap.dang.gyo*/do*.na.ryo*.go/ham.ni.da

앞으로	a.peu.ro
☞ 副 往後、以後

➪ 앞으로도 잘 부탁합니다.

往後也拜託您了。

a.peu.ro.do/jal/bu.ta.kam.ni.da

애기	e*.gi
☞ 名 嬰兒

➪ 애기를 안다.

抱孩子。

e*.gi.reul/an.da

애완견	e*.wan.gyo*n
☞ 名 寵物狗

➪ 애완견과 같이 산책하다.

和狗一起散步。

e*.wan.gyo*n.gwa/ga.chi/san.che*.ka.da

앨범	e*l.bo*m
☞ 名 相冊

➪ 앨범을 보면 가족이 그립다.

看著相冊思念家人。

e*l.bo*.meul/bo.myo*n/ga.jo.gi/geu.rip.da

야단치다	ya.dan.chi.da
☞ 動 吵嚷、大罵

• track 143

⇨ 부모님이 아이를 야단쳤다.

父母責罵孩子。

bu.mo.ni.mi/a.i.reul/ya.dan.cho*t.da

야외　　　　　ya.we
☞ 名　野外

⇨ 야외로 출장가다.

去野外出差。

ya.we.ro/chul.jang.ga.da

약간　　　　　yak.gan
☞ 副　稍微、有點

⇨ 몸이 약간 아프다.

身體有點不舒服。

mo.mi/yak.gan/a.peu.da

약하다　　　　ya.ka.da
☞ 形　弱、虛弱

⇨ 몸이 약하다.

身體虛弱。

mo.mi/ya.ka.da

얌전하다　　　yam.jo*n.ha.da
☞ 形　文靜、斯文

⇨ 그녀는 참 얌전하다.

她很文靜。

geu.nyo*.neun/cham/yam.jo*n.ha.da

양념　　　　　yang.nyo*m
☞ 名　調味料

⇨ 음식에 양념을 넣다.

在食物中加調味料。

eum.si.ge/yang.nyo*.meul/no*.ta

양보하다	yang.bo.ha.da
☞ 图 讓、讓步	

⇨ 노인에게 자리를 양보하다.

讓位子給老人。

no.i.ne.ge/ja.ri.reul/yang.bo.ha.da

양쪽	yang.jjok
☞ 图 兩邊	

⇨ 양쪽이 다 지지하다.

雙方都支持。

yang.jjo.gi/da/ji.ji.ha.da

양치질	yang.chi.jil
☞ 图 刷牙	

⇨ 양치질하고 세수하다.

刷牙洗臉。

yang.chi.jil.ha.go/se.su.ha.da

얘기	ye*.gi
☞ 图 談話、故事	

⇨ 그 얘기는 이미 들었다.

我已經聽過那故事了。

geu/ye*.gi.neun/i.mi/deu.ro*t.da

어기다	o*.gi.da
☞ 動 違背	

⇨ 약속을 어기다.

失約。

yak.sso.geul/o*.gi.da

어느새	o*.neu.se*

☞ 副 轉眼間

⇨ 어느새 그 아이가 소녀가 됐다.

轉眼間那孩子變成了少女。

o*.neu.se*/geu/a.i.ga/so.nyo*.ga/dwe*t.da

어떻게	o*.do*.ke

☞ 副 怎麼

⇨ 어떻게 해야 할지 모르겠다.

不知道該怎麼做。

o*.do*.ke/he*.ya/hal.jji/mo.reu.get.da

어리다	o*.ri.da

☞ 形 幼小、年幼

⇨ 생각이 어리다.

思想幼稚。

se*ng.ga.gi/o*.ri.da

어색하다	o*.se*.ka.da

☞ 形 尷尬、難為情

⇨ 분위기가 어색하다.

氣氛尷尬。

bu.nwi.gi.ga/o*.se*.ka.da

어차피	o*.cha.pi

☞ 副 反正

⇨ 어차피 나는 안 가도 되잖아.

反正我不去也可以嘛！

o*.cha.pi/na.neun/an/ga.do/dwe.ja.na

언어　　　　　　　o*.no*
☞ 图 語言

⇨ 언어학.

語言學。

o*.no*.hak

얹다　　　　　　　o*n.da
☞ 動 加上、放上

⇨ 세금을 얹어 모두 10만원입니다.

加上稅金後，總共是10萬。

se.geu.meul/o*n.jo*/mo.du/sim.ma.nwo.nim.ni.da

얼른　　　　　　　o*l.leun
☞ 圖 快

⇨ 얼른 드세요.

快請用。

o*l.leun/deu.se.yo

엄격하다　　　　　o*m.gyo*.ka.da
☞ 圈 嚴厲的、嚴格的

⇨ 그 선생님은 아주 엄격하다.

那位老師很嚴格。

geu/so*n.se*ng.ni.meun/a.ju/o*m.gyo*.ka.da

업무　　　　　　　o*m.mu
☞ 图 業務

⇨ 업무가 너무 많아서 제시간에 퇴근할 수가 없다.

業務太多了，無法準時下班。

o*m.mu.ga/no*.mu/ma.na.so*/je.si.ga.ne/twe.geun.hal/ssu.ga/o*p.da

엉망	o*ng.mang
☞ 名 亂糟糟	

⇨ 며칠동안 청소를 안 했더니 집안 꼴이 엉망이다.

才幾天沒打掃，家裡就亂糟糟的。

myo*.chil.dong.an/cho*ng.so.reul/an/he*t.do*.ni/ji.ban/go.ri/o*ng.mang.i.da

에너지	e.no*.ji
☞ 名 能量	

⇨ 열 에너지.

熱能。

yo*l/e.no*.ji

여러 가지	yo*.ro* ga.ji
☞ 名 各式各樣	

⇨ 여러 가지 색깔이 있다.

有各種顏色。

yo*.ro*/ga.ji/se*k.ga.ri/it.da

여러 종류	yo*.ro* jong.nyu
☞ 名 各種	

⇨ 여러 종류의 책이 있다.

有各種的書籍。

yo*.ro*/jong.nyu.ui/che*.gi/it.da

여유　　　　　yo*.yu
☞ 名　閑暇

⇨ 시간에 여유가 있다.

時間充裕。

si.ga.ne/yo*.yu.ga/it.da

여전히　　　　yo*.jo*n.hi
☞ 副　依然

⇨ 넌 여전히 바쁘네.

你依然很忙呢！

no*n/yo*.jo*n.hi/ba.beu.ne

역할　　　　　yo*.kal
☞ 名　作用、角色

⇨ 중요한 역할.

重要的角色。

jung.yo.han/yo*.kal

엮다　　　　　yo*k.da
☞ 動　編織

⇨ 바구니를 엮다.

編織籃子。

ba.gu.ni.reul/yo*k.da

연결하다　　　yo*n.gyo*l.ha.da
☞ 動　連接、連結

⇨ 서로 연결하다.

相互連接。

so*.ro/yo*n.gyo*l.ha.da

연구　　　　　　yo*n.gu
☞ 图　研究

⇨ 연구소.

研究所。
yo*n.gu.so

연극　　　　　　yo*n.geuk
☞ 图　戲劇、話劇

⇨ 연극 배우.

話劇演員。
yo*n.geuk/be*.u

연락　　　　　　yo*l.lak
☞ 图　聯繫、聯絡

⇨ 연락이 끊어졌다.

斷了聯繫。
yo*l.la.gi/geu.no*.jo*t.da

연말　　　　　　yo*n.mal
☞ 图　年末、年終

⇨ 연말 보너스.

年終獎金。
yo*n.mal/bo.no*.seu

연하다　　　　　yo*n.ha.da
☞ 圈　淺、淡

⇨ 연한 파란색.

淡藍色。
yo*n.han/pa.ran.se*k

열기　　　　　　yo*l.gi
☞ 名　熱氣

▷ 열기가 가득하다.

充滿熱氣。
yo*l.gi.ga/ga.deu.ka.da

열매　　　　　　yo*l.me*
☞ 名　果實

▷ 열매를 맺다.

結果實。
yo*l.me*.reul/me*t.da

염려하다　　　　yo*m.nyo*.ha.da
☞ 動　擔心

▷ 아이의 미래를 염려하다.

擔心孩子的未來。
a.i.ui/mi.re*.reul/yo*m.nyo*.ha.da

염색하다　　　　yo*m.se*.ka.da
☞ 動　染色

▷ 머리를 염색하다.

染頭髮。
mo*.ri.reul/yo*m.se*.ka.da

엽서　　　　　　yo*p.sso*
☞ 名　明信片

▷ 가족에게 엽서를 띄우다.

寄明信片給家人。
ga.jo.ge.ge/yo*p.sso*.reul/di.u.da

영수증　　　　　yo*ng.su.jeung
☞ 名　發票

⇨영수증을 주세요.

請給我發票。

yo*ng.su.jeung.eul/jju.se.yo

영양　　　　　yo*ng.yang
☞ 名　營養

⇨영양제.

營養劑。

yo*ng.yang.je

영업　　　　　yo*ng.o*p
☞ 名　營業

⇨영업 자금.

營業資金。

yo*ng.o*p/ja.geum

영역　　　　　yo*ng.yo*k
☞ 名　領域

⇨여기도 우리 나라의 영역이다.

這裡也是我國的領域。

yo*.gi.do/u.ri/na.ra.ui/yo*ng.yo*.gi.da

영향　　　　　yo*ng.hyang
☞ 名　影響

⇨건강에 나쁜 영향을 주다.

對健康帶來不好的影響。

go*n.gang.e/na.beun/yo*ng.hyang.eul/jju.da

예금   ye.geum
☞ 名 存款、儲蓄

▷정기 예금.

定期存款。
jo*ng.gi/ye.geum

예보하다   ye.bo.ha.da
☞ 動 預報

▷날씨를 예보하다.

預報天氣。
nal.ssi.reul/ye.bo.ha.da

예습하다   ye.seu.pa.da
☞ 動 預習

▷수업을 예습하다.

預習功課。
su.o*.beul/ye.seu.pa.da

예약하다   ye.ya.ka.da
☞ 動 預約

▷전화로 예약하다.

用電話預約。
jo*n.hwa.ro/ye.ya.ka.da

예의   ye.ui
☞ 名 禮貌

▷그는 예의가 있는 학생이다.

他是有禮貌的學生。
geu.neun/ye.ui.ga/in.neun/hak.sse*ng.i.da

예정　　　　　ye.jo*ng
☞ 图　預定、預計

⇨ 오후 3시에 도착할 예정이다.

預定下午3點抵達。
o.hu/se.si.e/do.cha.kal/ye.jo*ng.i.da

오리　　　　　o.ri
☞ 图　鴨子

⇨ 오리구이.

烤鴨。
o.ri.gu.i

오토바이　　　o.to.ba.i
☞ 图　摩托車

⇨ 오토바이를 타다.

騎摩托車。
o.to.ba.i.reul/ta.da

오해　　　　　o.he*
☞ 图　誤會

⇨ 오해를 풀다.

解開誤會。
o.he*.reul/pul.da

오히려　　　　o.hi.ryo*
☞ 副　反而

⇨ 상황이 오히려 나빠졌다.

狀況反而變壞。
sang.hwang.i/o.hi.ryo*/na.ba.jo*t.da

옳다   ol.ta
☞ 形 正確

➪ 옳은 일을 해야 된다.

應當要做正確的事情。

o.reun/i.reul/he*.ya/dwen.da

완전하다   wan.jo*n.ha.da
☞ 形 完整

➪ 완전한 증거가 필요하다.

需要完整的證據。

wan.jo*n.han/jeung.go*.ga/pi.ryo.ha.da

외로움   we.ro.um
☞ 名 孤獨

➪ 외로움을 타는 사람.

怕孤獨的人。

we.ro.u.meul/ta.neun/sa.ram

외모   we.mo
☞ 名 外貌

➪ 외모로 사람을 평가하면 안 된다.

不能以外表來評價人。

we.mo.ro/sa.ra.meul/pyo*ng.ga.ha.myo*n/an/dwen.da

외출하다   we.chul.ha.da
☞ 動 外出

➪ 화장을 하고 외출하다.

化妝出門。

hwa.jang.eul/ha.go/we.chul.ha.da

외투　　　　　　　　we.tu
☞ 图 外套

ⓓ 외투를 벗다.

脫外套。

we.tu.reul/bo*t.da

요구　　　　　　　　yo.gu
☞ 图 要求

ⓓ 친구의 요구를 받아들이다.

答應朋友的要求。

chin.gu.ui/yo.gu.reul/ba.da.deu.ri.da

욕심　　　　　　　　yok.ssim
☞ 图 貪心、欲望

ⓓ 욕심이 많다.

很貪心。

yok.ssi.mi/man.ta

용돈　　　　　　　　yong.don
☞ 图 零用錢

ⓓ 부모님한테서 용돈을 받았다.

從父母那得到零用錢。

bu.mo.nim.han.te.so*/yong.do.neul/ba.dat.da

용서하다　　　　　　yong.so*.ha.da
☞ 動 饒恕、原諒

ⓓ 저를 용서해 주세요.

請原諒我。

jo*.reul/yong.so*.he*/ju.se.yo

우아하다 u.a.ha.da
☞ 形 優雅

⇨그녀는 자태가 우아하다.

她的姿態很優雅。
geu.nyo*.neun ja.te*.ga u.a.ha.da

우연히 u.yo*n.hi
☞ 副 偶然地

⇨길에서 우연히 선배를 만났다.

偶然在路上遇到前輩。
gi.re.so*/u.yo*n.hi/so*n.be*.reul/man.nat.da

우정 u.jo*ng
☞ 名 友情

⇨우정이 깊다.

友情深厚。
u.jo*ng.i/gip.da

운임 u.nim
☞ 名 運費

⇨항공 운임.

航空運費。
hang.gong/u.nim

울음 u.reum
☞ 名 哭泣

⇨울음이 터지다.

放聲大哭。
u.reu.mi/to*.ji.da

울창하다 ul.chang.ha.da
☞ 形 茂盛

⇨ 울창한 숲.

茂盛的樹林。
ul.chang.han/sup

움직이다 um.ji.gi.da
☞ 動 移動、動

⇨ 움직이지 마라.

不准動。
um.ji.gi.ji/ma.ra

원래 wol.le*
☞ 副 原來、原本

⇨ 그 사람은 원래 이런 사람이 아니다.

那個人原本不是這種人。
geu/sa.ra.meun/wol.le*/i.ro*n/sa.ra.mi/a.ni.da

원서 won.so*
☞ 名 申請表

⇨ 입학 원서.

入學申請表。
i.pak/won.so*

원인 wo.nin
☞ 名 原因

⇨ 주 원인이 뭐예요?

主要原因是什麼？
ju/wo.ni.ni/mwo.ye.yo

원하다　won.ha.da
☞ 動 指望、希望

▷ 어떤 스타일을 원하세요?

您要哪種樣式？

o*.do*n/seu.ta.i.reul/won.ha.se.yo

월간　wol.gan
☞ 图 月刊

▷ 월간지.

月刊誌。

wol.gan.ji

위대하다　wi.de*.ha.da
☞ 形 偉大

▷ 위대한 인물.

偉大的人物。

wi.de*.han/in.mul

위주　wi.ju
☞ 图 為主

▷ 남성 위주의 회사.

以男性為主的公司。

nam.so*ng/wi.ju.ui/hwe.sa

윗사람　wit.ssa.ram
☞ 图 長者、長輩

▷ 윗사람에게 인사하다.

向長輩打招呼。

wit.ssa.ra.me.ge/in.sa.ha.da

유난히   yu.nan.hi
☞ 圖 特別、格外

⇨ 오늘따라 유난히 기분이 좋다.

今天心情特別好。

o.neul.da.ra/yu.nan.hi/gi.bu.ni/jo.ta

유래   yu.re*
☞ 名 由來

⇨ 유래가 깊다.

由來已久。

yu.re*.ga/gip.da

유사하다   yu.sa.ha.da
☞ 形 類似

⇨ 둘의 성격은 유사하다.

兩人的個性類似。

du.rui/so*ng.gyo*.geun/yu.sa.ha.da

유산   yu.san
☞ 名 遺產

⇨ 문화 유산.

文化遺產。

mun.hwa/yu.san

유익하다   yu.i.ka.da
☞ 形 有益的

⇨ 운동은 건강에 유익하다.

運動對健康有益。

un.dong.eun/go*n.gang.e/yu.i.ka.da

유적　　　　　yu.jo*k
☞ 图 遺址

⇨ 유적지.

遺址（地）。
yu.jo*k.jji

유지하다　　　yu.ji.ha.da
☞ 動 維持

⇨ 건강을 유지하다.

維持健康。
go*n.gang.eul/yu.ji.ha.da

유형　　　　　yu.hyo*ng
☞ 图 類型

⇨ 유형별로 분류하다.

以類型分類。
yu.hyo*ng.byo*l.lo/bul.lyu.ha.da

음력　　　　　eum.nyo*k
☞ 图 陰曆

⇨ 음력 생일.

陰曆生日。
eum.nyo*k/se*ng.il

음주　　　　　eum.ju
☞ 图 飲酒

⇨ 음주는 몸에 해롭다.

飲酒傷身。
eum.ju.neun/mo.me/he*.rop.da

의견　　　　　ui.gyo*n
☞ 图　意見

♢상대방의 의견을 듣다.

聽取對方的意見。

sang.de*.bang.ui/ui.gyo*.neul/deut.da

의미　　　　　ui.mi
☞ 图　意義、意思

♢단어의 의미.

單字的意義。

da.no*.ui/ui.mi

의사　　　　　ui.sa
☞ 图　意思、用意

♢의사 소통.

意思溝通。

ui.sa/so.tong

의식　　　　　ui.sik
☞ 图　意識、神智

♢의식을 잃다.

ui.si.geul/il.ta

神智不清。

의욕　　　　　ui.yok
☞ 图　欲望、熱情

♢공부 할 의욕을 잃다.

失去學習的熱情。

gong.bu/hal/ui.yo.geul/il.ta

의지	ui.ji
☞ 名 意志	

⇨강한 의지.

堅強的意志。
gang.han/ui.ji

의학	ui.hak
☞ 名 醫學	

⇨의학 연구.

醫學研究。
ui.hak/yo*n.gu

이것저것	i.go*t.jjo*.go*t
☞ 名 這個那個、各種	

⇨이것저것을 다 먹다.

什麼都吃。
i.go*t.jjo*.go*.seul/da/mo*k.da

이동	i.dong
☞ 名 移動	

⇨인구 이동.

人口移動。
in.gu/i.dong

이상	i.sang
☞ 名 以上	

⇨30 세 이상의 여성.

30歲以上的女性。
sam.sip.sse/i.sang.ui/yo*.so*ng

이야기   i.ya.gi
☞ 名 故事

⇨ 일본 역사에 관한 이야기.

與日本歷史有關的故事。

il.bon/yo*k.ssa.e/gwan.han/i.ya.gi

이자   i.ja
☞ 名 利息

⇨ 이자를 갚다.

還利息。

i.ja.reul/gap.da

이전   i.jo*n
☞ 名 以前

⇨ 이전에 다니던 학교.

以前就讀的學校。

i.jo*.ne/da.ni.do*n/hak.gyo

이제부터   i.je.bu.to*
☞ 圖 從今開始

⇨ 이제부터 저도 대학생입니다.

從現在開始我也是大學生。

i.je.bu.to*/jo*.do/de*.hak.sse*ng.im.ni.da

이해하다   i.he*.ha.da
☞ 動 理解

⇨ 아무도 나를 이해할 수 없다.

誰也不能理解我。

a.mu.do/na.reul/i.he*.hal/ssu/o*p.da

이혼	i.hon
☞ 图 離婚

▷이혼율.

離婚率。
i.ho.nyul

이후	i.hu
☞ 图 以後、之後

▷그 이후에 그를 만나지 않았다.

那之後就沒見到他了。
geu/i.hu.e/geu.reul/man.na.ji/a.nat.da

익숙하다	ik.ssu.ka.da
☞ 形 熟練、熟悉

▷익숙한 친구.

熟悉的朋友。
ik.ssu.kan/chin.gu

익히다	i.ki.da
☞ 動 熟悉、煮熟

▷고기를 익히다.

把肉煮熟。
go.gi.reul/i.ki.da

인기	in.gi
☞ 图 人氣

▷인기있는 사람.

有人氣的人。
in.gi.in.neun/sa.ram

인내　　　　　　　in.ne*
☞ 图 忍耐

⇨ 인내심.

耐心。
in.ne*.sim

인사　　　　　　　in.sa
☞ 图 問候、打招呼

⇨ 직원이 부장님께 인사하다.

職員向部長打招呼。
ji.gwo.ni/bu.jang.nim.ge/in.sa.ha.da

인삼　　　　　　　in.sam
☞ 图 人蔘

⇨ 고려인삼.

高麗人蔘。
go.ryo*.in.sam

인상적　　　　　　in.sang.jo*k
☞ 图 印象深刻

⇨ 인상적인 장면.

印象深刻的場面。
in.sang.jo*.gin/jang.myo*n

인생　　　　　　　in.se*ng
☞ 图 人生

⇨ 인생의 목표를 세우다.

建立人生的目標。
in.se*ng.ui/mok.pyo.reul/sse.u.da

인식   in.sik
☞ 图 認識、認知

⇨ 인식론.

認識論。
in.sing.non

인정   in.jo*ng
☞ 图 認定、承認

⇨ 자신의 잘못을 인정하다.

承認自己的錯誤。
ja.si.nui/jal.mo.seul/in.jo*ng.ha.da

일대   il.de*
☞ 图 地區、一帶

⇨ 인천 일대에 눈이 내리다.

仁川一帶下雪。
in.cho*n/il.de*.e/nu.ni/ne*.ri.da

일등   il.deung
☞ 图 一等、第一名

⇨ 내가 일등을 했다.

我得第一名。
ne*.ga/il.deung.eul/he*t.da

일부러   il.bu.ro*
☞ 副 故意、特意

⇨ 일부러 내게 사과할 필요는 없다.

不需要特意向我道歉。
il.bu.ro*/ne*.ge/sa.gwa.hal/pi.ryo.neun/o*p.da

일생　　　　　il.se*ng
☞ 名 一生

⇨ 일생을 마치다.

結束一生。
il.se*ng.eul/ma.chi.da

일시　　　　　il.si
☞ 名 一時、暫時

⇨ 일시 정신을 잃다.

暫時失去理智。
il.si/jo*ng.si.neul/il.ta

일인당　　　　　i.rin.dang
☞ 名 人均

⇨ 일인당국민소득.

人均國民所得。
i.rin.dang.gung.min.so.deuk

일정　　　　　il.jo*ng
☞ 名 日程

⇨ 회의 일정.

會議日程。
hwe.ui/il.jo*ng

일치되다　　　　　il.chi.dwe.da
☞ 動 一致

⇨ 내 말이 그의 말과 일치됐다.

我講的話和他講的話一致。
ne*.ma.ri/geu.ui/mal.gwa/il.chi.dwe*t.da

• track 168

입맛 　　　　　im.mat
☞ 名 胃口

⇨ 입맛이 없다.

沒有胃口。
im.ma.si/o*p.da

입장 　　　　　ip.jjang
☞ 名 立場

⇨ 상대방의 입장에서 생각해 보세요.

請站在對方的立場想一想。
sang.de*.bang.ui/ip.jjang.e.so*/se*ng.ga.ke*/bo.se.yo

잉크 　　　　　ing.keu
☞ 名 墨水

⇨ 잉크병.

墨水瓶。
ing.keu.byo*ng

잎 　　　　　ip
☞ 名 葉子

⇨ 잎이 지다.

葉子掉落。
i.pi/ji.da

ㅈ

자극   ja.geuk
☞ 名 刺激

⇨ 자극을 받다.

受到刺激。

ja.geu.geul/bat.da

자꾸   ja.gu
☞ 副 老是、總是

⇨ 자꾸 네가 생각이 나.

總是想起你。

ja.gu/ne.ga/se*ng.ga.gi/na

자랑하다   ja.rang.ha.da
☞ 動 誇耀

⇨ 스스로 자랑하다.

自我誇耀。

seu.seu.ro/ja.rang.ha.da

자살   ja.sal
☞ 名 自殺

⇨ 자살을 기도하다.

企圖自殺。

ja.sa.reul/gi.do.ha.da

자세   ja.se
☞ 名 姿勢

ᄃ자세를 고치다.

糾正姿勢。

ja.se.reul/go.chi.da

자세하다　　　ja.se.ha.da
☞ 形　仔細

ᄃ자세하게 검사하다.

檢查仔細。

ja.se.ha.ge/go*m.sa.ha.da

자신　　　　　ja.sin
☞ 图　自己

ᄃ자신도 잘 모른다.

自己也不知道。

ja.sin.do/jal/mo.reun.da

자신감　　　　ja.sin.gam
☞ 图　自信心

ᄃ자신감을 잃다.

失去自信心。

ja.sin.ga.meul/il.ta

자유　　　　　ja.yu
☞ 图　自由

ᄃ언론의 자유.

言論自由。

o*l.lo.nui/ja.yu

자체　　　　　ja.che
☞ 图　本身

▷그 행동 자체가 틀렸다.

那行動本身就錯了。

geu/he*ng.dong/ja.che.ga/teul.lyo*t.da

자취   ja.chwi
☞ 图 蹤跡、痕跡

▷자취를 남기다.

留下蹤跡。

ja.chwi.reul/nam.gi.da

잔소리   jan.so.ri
☞ 图 嘮叨

▷잔소리를 듣다.

聽人嘮叨。

jan.so.ri.reul/deut.da

잠옷   ja.mot
☞ 图 睡衣

▷잠옷으로 갈아 입다.

換睡衣。

ja.mo.seu.ro/ga.ra/ip.da

잡곡   jap.gok
☞ 图 雜糧

▷잡곡 밥.

雜糧飯。

jap.gok/bap

장난   jang.nan
☞ 图 搗亂、調皮

⇨ 장난을 치다.

搗亂。

jang.na.neul/chi.da

장담   jang.dam

☞ 图 保證、擔保

⇨ 장담은 못하지만 열심히 하겠습니다.

雖然不能保證，但我會努力。

jang.da.meun/mo.ta.ji.man/yo*l.sim.hi/ha.get.sseum.ni.da

장래   jang.ne*

☞ 图 將來

⇨ 먼 장래.

遙遠的將來。

mo*n/jang.ne*

장만하다   jang.man.ha.da

☞ 動 籌措、購置

⇨ 새로운 집을 장만하였다.

購買了新房子。

se*.ro.un/ji.beul/jjang.man.ha.yo*t.da

장사   jang.sa

☞ 图 生意

⇨ 장사가 잘 안 된다.

生意不太順利。

jang.sa.ga/jal/an/dwen.da

장소   jang.so

☞ 图 場所

⇨ 오락 장소.

娛樂場所。

o.rak/jang.so

장수　　　　　　jang.su
☞ 图　長壽

⇨ 장수의 비결이 뭐예요?

長壽的秘訣是什麼？

jang.su.ui/bi.gyo*.ri/mwo.ye.yo

장애　　　　　　jang.e*
☞ 图　障礙、殘疾

⇨ 장애에 부딪히다.

遇到障礙。

jang.e*.e/bu.di.chi.da

재산　　　　　　je*.san
☞ 图　財產

⇨ 자식에게 재산을 물려주다.

將財產留給子女。

ja.si.ge.ge/je*.sa.neul/mul.lyo*.ju.da

재앙　　　　　　je*.ang
☞ 图　災難

⇨ 재앙을 당하다.

遭遇災難。

je*.ang.eul/dang.ha.da

재우다　　　　　je*.u.da
☞ 動　哄…睡覺

➪ 아이를 재우다.

哄小孩睡覺。

a.i.reul/jje*.u.da

저금   jo*.geum

☞ 名 儲蓄

➪ 저금을 다 써 버렸다.

儲蓄都用光了。

jo*.geu.meul/da/sso*/bo*.ryo*t.da

저자   jo*.ja

☞ 名 作者

➪ 이 책을 쓴 저자가 누구야?

寫這本書的作者是誰？

i/che*.geul/sseun/jo*.ja.ga/nu.gu.ya

저절로   jo*.jo*l.lo

☞ 副 自行、自動

➪ 문제는 저절로 해결되지 않는다.

問題不會自動解決。

mun.je.neun/jo*.jo*l.lo/he*.gyo*l.dwe.ji/an.neun.da

적극적   jo*k.geuk.jjo*k

☞ 名冠 積極

➪ 적극적인 태도.

積極的態度。

jo*k.geuk.jjo*.gin/te*.do

적당히   jo*k.dang.hi

☞ 副 適當地

⊃ 운동을 적당히 해라.

適當做些運動吧！

un.dong.eul/jjo*k.dang.hi/he*.ra

적성	jo*k.sso*ng

☞ 图 適應能力、特點

⊃ 적성에 따라 일을 선택하다.

依照自己的適應能力來選擇工作。

jo*k.sso*ng.e/da.ra/i.reul/sso*n.te*.ka.da

전국	jo*n.guk

☞ 图 全國

⊃ 전국 각지.

全國各地。

jo*n.guk/gak.jji

전기	jo*n.gi

☞ 图 電

⊃ 전기료.

電費。

jo*n.gi.ryo

전문가	jo*n.mun.ga

☞ 图 專家

⊃ 컴퓨터 전문가.

電腦專家。

ko*m.pyu.to*/jo*n.mun.ga

전자	jo*n.ja

☞ 图 電子

⇨전자 공업.

電子工業。

jo*n.ja/gong.o*p

전쟁   jo*n.je*ng
☞ 名 戰爭

⇨전쟁이 벌어지다.

發生戰爭。

jo*n.je*ng.i/bo*.ro*.ji.da

전통   jo*n.tong
☞ 名 傳統

⇨전통 복식.

傳統服飾。

jo*n.tong/bok.ssik

전해주다   jo*n.he*.ju.da
☞ 動 轉交、傳達

⇨당신 가족에게 안부 전해 줘요.

請代我向你的家人問好。

dang.sin/ga.jo.ge.ge/an.bu/jo*n.he*/jwo.yo

전혀   jo*n.hyo*
☞ 副 全然、完全

⇨이 일에 전혀 관심이 없다.

對這件事完全沒興趣。

i/i.re/jo*n.hyo*/gwan.si.mi/o*p.da

전후   jo*n.hu
☞ 名 前後

▷ 전후를 살피다.

前後觀察。

jo*n.hu.reul/ssal.pi.da

절대로　　jo*l.de*.ro
☞ 副　絕對

▷ 그 말을 절대로 믿을 수 없다.

那話絕對不能相信。

geu.ma.reul/jjo*l.de*.ro/mi.deul/ssu/o*p.da

절약하다　　jo*.rya.ka.da
☞ 動　節約

▷ 에너지를 절약하다.

節約能源。

e.no*.ji.reul/jjo*.rya.ka.da

젊은이　　jo*l.meu.ni
☞ 图　年輕人

▷ 20대 젊은이들.

20幾歲的年輕人。

i.sip.de*/jo*l.meu.ni.deul

점점　　jo*m.jo*m
☞ 副　漸漸地

▷ 날이 점점 어두워지다.

天漸漸變黑。

na.ri/jo*m.jo*m/o*.du.wo.ji.da

접하다　　jo*.pa.da
☞ 動　相鄰、接觸

➪접할 기회가 없다.

沒有接觸的機會。

jo*.pal/gi.hwe.ga/o*p.da

정기　　　　　　jo*ng.gi
☞ 图 定期

➪정기 적금.

定期儲蓄。

jo*ng.gi/jo*k.geum

정보　　　　　　jo*ng.bo
☞ 图 信息、情報

➪정보를 얻다.

取得情報。

jo*ng.bo.reul/o*t.da

정부　　　　　　jo*ng.bu
☞ 图 政府

➪지방 정부.

地方政府。

ji.bang/jo*ng.bu

정신　　　　　　jo*ng.sin
☞ 图 精神

➪정신을 차리다.

打起精神。

jo*ng.si.neul/cha.ri.da

정전　　　　　　jo*ng.jo*n
☞ 图 停電

▷ 요즘은 정전이 잦다.

最近經常停電。

yo.jeu.meun/jo*ng.jo*.ni/jat.da

정직하다   jo*ng.ji.ka.da
☞ 彫 正直的

▷ 정직한 사람.

正直的人。

jo*ng.ji.kan/sa.ram

정책   jo*ng.che*k
☞ 图 政策

▷ 외교정책.

外交政策。

we.gyo.jo*ng.che*k

정체되다   jo*ng.che.dwe.da
☞ 動 停留、滯留

▷ 경제가 정체되어 있다.

經濟停滯。

gyo*ng.je.je.ga/jo*ng.che.dwe.o*/it.da

정치   jo*ng.chi
☞ 图 政治

▷ 정치자금.

政治資金。

jo*ng.chi.ja.geum

제대로   je.de*.ro
☞ 圖 順利地、正常地

➪일을 제대로 처리했다.

順利處理好事情。

i.reul/jje.de*.ro/cho*.ri.he*t.da

제법	je.bo*p
☞ 副 相當、夠

➪날씨가 제법 덥다.

天氣相當熱。

nal.ssi.ga/je.bo*p/do*p.da

제자	je.ja
☞ 图 弟子、學生

➪그는 내 훌륭한 제자이다.

他是我很優秀的學生。

geu.neun/ne*/hul.lyung.han/je.ja.i.da

제한하다	je.han.ha.da
☞ 動 制約、限制

➪엄격히 제한하다.

嚴格限制。

o*m.gyo*.ki/je.han.ha.da

조건	jo.go*n
☞ 图 條件

➪교환 조건.

交換條件。

gyo.hwan/jo.go*n

조명	jo.myo*ng
☞ 图 照明

⟡ 실내조명이 좀 어둡다.

室內照明有點暗。

sil.le*.jo.myo*ng.i/jom/o*.dup.da

| 조상 | jo.sang |

☞ 图 祖先

⟡ 조상의 지혜가 참 대단하다.

祖先的智慧真了不起。

jo.sang.ui/ji.hye.ga/cham/de*.dan.ha.da

| 조식 | jo.sik |

☞ 图 早餐、早飯

⟡ 조식으로 빵과 우유를 먹었다.

早餐吃了麵包和牛奶。

jo.si.geu.ro/bang.gwa/u.yu.reul/mo*.go*t.da

| 존경하다 | jon.gyo*ng.ha.da |

☞ 動 尊敬

⟡ 부모님을 존경하다.

尊敬父母。

bu.mo.ni.meul/jjon.gyo*ng.ha.da

| 존댓말 | jon.de*n.mal |

☞ 图 敬語

⟡ 선생님에게 말할 때는 존댓말을 써야 된다.

對老師說話時，要使用敬語。

so*n.se*ng.ni.me.ge/mal.hal/de*.neun/jon.de*n.ma.reul/sso*.ya/dwen.da

---

| 졸다 | jol.da |

☞ 動 打瞌睡

⇨수업 중에 계속 졸다.

上課中一直打瞌睡。

su.o*p/jung.e/gye.sok/jol.da

졸음　　　　　jo.reum
☞图 睏意、睡意

⇨졸음이 오다.

產生睡意。

jo.reu.mi/o.da

종교　　　　　jong.gyo
☞图 宗教

⇨종교의 자유.

宗教自由。

jong.gyo.ui/ja.yu

종아리　　　　jong.a.ri
☞图 小腿

⇨종아리가 가늘다.

小腿纖細。

jong.a.ri.ga/ga.neul.da

종종　　　　　jong.jong
☞圖 常常、不時

⇨요즘은 종종 비가 온다.

最近常常下雨。

yo.jeu.meun/jong.jong/bi.ga/on.da

좌절　　　　　jwa.jo*l
☞图 挫折

⟡ 좌절을 당하다.

受到挫折。

jwa.jo*.reul/dang.ha.da

주관적   ju.gwan.jo*k
☞ 名冠 主觀

⟡ 주관적인 견해.

主觀的見解。

ju.gwan.jo*.gin/gyo*n.he*

주년   ju.nyo*n
☞ 名 周年

⟡ 창건 15주년.

創建15周年。

chang.go*n/si.bo.ju.nyo*n

주로   ju.ro
☞ 副 主要

⟡ 주말에 주로 집에서 TV를 본다.

週末主要在家看電視。

u.ma.re/ju.ro/ji.be.so*/TVreul/bon.da

주름   ju.reum
☞ 名 皺紋、皺摺

⟡ 얼굴에 주름이 생기다.

臉上出現皺紋。

o*l.gu.re/ju.reu.mi/se*ng.gi.da

주목   ju.mok
☞ 名 注視、注目

⇨주목을 받다.

受矚目。

ju.mo.geul/bat.da

주무시다　　　ju.mu.si.da

☞ 動　就寢（敬）

⇨어머님, 먼저 주무세요.

媽媽，您先睡吧！

o*.mo*.nim,/mo*n.jo*/ju.mu.se.yo

주식　　　ju.sik

☞ 名　股票

⇨주식 거래.

股票交易。

ju.sik/go*.re*

주위　　　ju.wi

☞ 名　周圍

⇨주위에 놀고 있는 아이들이 많다.

在周圍玩耍的小孩很多。

ju.wi.e/nol.go/in.neun/a.i.deu.ri/man.ta

주유소　　　ju.yu.so

☞ 名　加油站

⇨이 근처에 주유소가 있나요?

這附近有加油站嗎？

i/geun.cho*.e/ju.yu.so.ga/in.na.yo

주의　　　ju.ui

☞ 名　注意

♢주의 사항.

注意事項。

ju.ui/sa.hang

주장   ju.jang
☞ 图 主張

♢자기의 주장.

自己的主張。

ja.gi.ui/ju.jang

줄거리   jul.go*.ri
☞ 图 （情節）概要

♢소설의 줄거리만 읽었다.

只讀了小說的概要。

so.so*.rui/jul.go*.ri.man/il.go*t.da

중고   jung.go
☞ 图 中古、舊貨

♢중고차.

中古車。

jung.go.cha

중단하다   jung.dan.ha.da
☞ 動 中斷

♢공사를 중단하다.

中斷工程。

gong.sa.reul/jjung.dan.ha.da

중독   jung.dok
☞ 图 中毒

• track 186

➪ 중독으로 사망하다.

因中毒身亡。

jung.do.geu.ro/sa.mang.ha.da

중심	jung.sim
☞ 图 中心	

➪ 중심 사상.

中心思想。

jung.sim/sa.sang

중앙	jung.ang
☞ 图 中央	

➪ 중앙 정부.

中央政府。

jung.ang/jo*ng.bu

증명하다	jeung.myo*ng.ha.da
☞ 動 證明	

➪ 신분을 증명하다.

證明身份。

sin.bu.neul/jjeung.myo*ng.ha.da

지구	ji.gu
☞ 图 地球	

➪ 지구 표면.

地球表面。

ji.gu/pyo.myo*n

지난해	ji.nan.he*
☞ 图 去年	

➪ 지난해보다 올 겨울은 더 많이 춥다.

今天冬天比去年冷多了。

ji.nan.he*.bo.da/ol/gyo*.u.reun/do*/ma.ni/chup.da

지니다   ji.ni.da
☞ 動 攜帶

➪ 돈을 지니다.

攜帶錢。

do.neul/jji.ni.da

지루하다   ji.ru.ha.da
☞ 形 無聊、漫長

➪ 지루한 생활.

無聊的生活。

ji.ru.han/se*ng.hwal

지식   ji.sik
☞ 名 知識

➪ 전문적인 지식.

專門知識。

jo*n.mun.jo*.gin/ji.sik

지역   ji.yo*k
☞ 名 地域

➪ 개발 제한 지역.

限制開發地區。

ge*.bal/jje.han/ji.yo*k

지진   ji.jin
☞ 名 地震

⇨ 지진이 발생하다.

發生地震。
ji.ji.ni/bal.sse*ng.ha.da

지치다   ji.chi.da
☞ 形 累、疲勞

⇨ 일에 지치다.

工作疲勞。
i.re/ji.chi.da

지폐   ji.pye
☞ 名 紙幣、紙鈔

⇨ 천원짜리 지폐.

千元紙鈔。
cho*.nwon.jja.ri/ji.pye

직장   jik.jjang
☞ 名 職場

⇨ 직장인.

上班族。
jik.jjang.in

진심   jin.sim
☞ 名 真心

⇨ 진심으로 친구를 축하하다.

真心祝賀朋友。
jin.si.meu.ro/chin.gu.reul/chu.ka.ha.da

진정   jin.jo*ng
☞ 名 真情、真心

⟡진정으로 감사 드려요.

真心感謝您。

jin.jo*ng.eu.ro/gam.sa/deu.ryo*.yo

진정하다	jin.jo*ng.ha.da
☞ 動 鎮定	

⟡마음을 진정하세요.

請鎮定！

ma.eu.meul/jjin.jo*ng.ha.se.yo

진하다	jin.ha.da
☞ 形 濃、深	

⟡진한 커피.

濃咖啡。

jin.han/ko*.pi

질병	jil.byo*ng
☞ 名 疾病	

⟡질병을 치료하다.

治療疾病。

jil.byo*ng.eul/chi.ryo.ha.da

질투	jil.tu
☞ 名 嫉妒	

⟡질투심.

嫉妒心。

jil.tu.sim

짐작하다	jim.ja.ka.da
☞ 動 估量、揣測	

⇨ 그의 생각을 짐작할 수 없다.

無法揣測他的想法。
geu.ui/se*ng.ga.geul/jjim.ja.kal/ssu/o*p.da

집들이	jip.deu.ri

☞ 名 喬遷宴

⇨ 저희 집들이에 와 줄 수 있어요?

您會來我們的喬遷宴嗎?
jo*.hi/jip.deu.ri.e/wa/jul/su/i.sso*.yo

집안일	ji.ba.nil

☞ 名 家務事

⇨ 집안일을 하다.

做家事。
ji.ba.ni.reul/ha.da

짜증	jja.jeung

☞ 名 牢騷、脾氣

⇨ 짜증을 내서는 안 된다.

不能發脾氣。
jja.jeung.eul/ne*.so*.neun/an/dwen.da

짝사랑	jjak.ssa.rang

☞ 名 單相思、暗戀

⇨ 그는 내가 짝사랑하던 사람이다.

他是我暗戀過的人。
geu.neun/ne*.ga/jjak.ssa.rang.ha.do*n/sa.ra.mi.da

쭉	jjuk

☞ 副 一直

⇨ 이 방향으로 쭉 가면 도착할 수 있다.

朝這方向一直走，就可以到達。

i/bang.hyang.eu.ro/jjuk/ga.myo*n/do.cha.kal/ssu/it.da

찌다	jji.da
☞ 動 蒸	

⇨ 왕만두를 찌다.

蒸包子。

wang.man.du.reul/jji.da

ㅊ

차다   cha.da
☞ 動 踢

⇨ 축구공를 차다.

踢足球。

chuk.gu.gong.neul/cha.da

차다   cha.da
☞ 動 充滿、滿

⇨ 목욕통에 물이 차다.

浴缸內充滿水。

mo.gyok.tong.e/mu.ri/cha.da

차다   cha.da
☞ 形 涼

⇨ 찬물.

涼水。

chan.mul

차라리   cha.ra.ri
☞ 副 寧可、寧願

⇨ 그렇다면 차라리 집에서 잘래.

那樣的話，寧可在家睡覺。

geu.ro*.ta.myo*n/cha.ra.ri/ji.be.so*/jal.le*

차량   cha.ryang
☞ 名 車輛

⇨차량 통행금지.

車輛禁止通行。
cha.ryang/tong.he*ng.geum.ji

차례	cha.rye
☞ 名 次序、輪到

⇨이번은 내 차례다.

這次輪到我了。
i.bo*.neun/ne*/cha.rye.da

차리다	cha.ri.da
☞ 動 置辦、準備

⇨음식을 차리다.

準備飲食。
eum.si.geul/cha.ri.da

차이	cha.i
☞ 名 差距、差異

⇨차이점.

差異點。
cha.i.jo*m

차차	cha.cha
☞ 副 漸漸、慢慢

⇨날이 차차 밝아지다.

天漸漸變亮。
na.ri/cha.cha/bal.ga.ji.da

차표	cha.pyo
☞ 名 車票

⟡기차표.

火車票。

gi.cha.pyo

착각　　　　　　　　chak.gak
☞ 名 錯覺

⟡착각에 빠지다.

陷入錯覺中。

chak.ga.ge/ba.ji.da

찬성하다　　　　　chan.so*ng.ha.da
☞ 動 贊成

⟡상대방의 의견에 찬성하다.

贊成對方的意見。

sang.de*.bang.ui/ui.gyo*.ne/chan.so*ng.ha.da

참　　　　　　　　cham
☞ 副 真的、真

⟡여기가 참 아름다워요.

這裡真美麗。

yo*.gi.ga/cham/a.reum.da.wo.yo

참가하다　　　　　cham.ga.ha.da
☞ 動 參加

⟡경기에 참가하다.

參加比賽。

gyo*ng.gi.e/cham.ga.ha.da

참고　　　　　　　cham.go
☞ 名 參考

⇨ 참고 자료.

參考資料。
cham.go/ja.ryo

참다	cham.da

☞ 動 忍受、忍耐

⇨ 더 이상 참을 수가 없다.

再也不能忍了。
do*/i.sang/cha.meul/ssu.ga/o*p.da

참새	cham.se*

☞ 图 麻雀

⇨ 참새를 쫓다.

追麻雀。
cham.se*.reul/jjot.da

참석하다	cham.so*.ka.da

☞ 動 出席

⇨ 생일파티에 참석하다.

出席生日派對。
se*ng.il.pa.ti.e/cham.so*.ka.da

참여하다	cha.myo*.ha.da

☞ 動 參與

⇨ 토론에 참여하다.

參與討論。
to.ro.ne/cha.myo*.ha.da

참을성	cha.meul.sso*ng

☞ 图 耐性、耐心

ᗉ참을성이 강하다.

忍耐性強。

cha.meul.sso*ng.i/gang.ha.da

참치	cham.chi
☞ 名 鮪魚

ᗉ참치 통조림.

鮪魚罐頭。

cham.chi/tong.jo.rim

찻집	chat.jjip
☞ 名 茶館

ᗉ찻집에서 친구와 같이 얘기를 나눴다.

和朋友一起在茶館聊天。

chat.jji.be.so*/chin.gu.wa/ga.chi/ye*.gi.reul/na.nwot.da

창고	chang.go
☞ 名 倉庫

ᗉ창고에서 물건을 찾다.

在倉庫內找東西。

chang.go.e.so*/mul.go*.neul/chat.da

창조	chang.jo
☞ 名 創造

ᗉ창조성.

創造性。

chang.jo.so*ng

창피하다	chang.pi.ha.da
☞ 形 丟臉

➪ 창피한 일.

丟臉的事。

chang.pi.han/il

채식   che*.sik
☞ 图 素食

➪ 채식주의.

素食主義。

che*.sik.jju.ui

채우다   che*.u.da
☞ 動 裝滿、填滿

➪ 목욕통에 물을 가득 채우다.

在浴缸內裝滿水。

mo.gyok.tong.e/mu.reul/ga.deuk/che*.u.da

책임자   che*.gim.ja
☞ 图 負責人

➪ 이 호텔의 책임자를 만나고 싶어요.

我想見這間飯店的負責人。

i/ho.te.rui/che*.gim.ja.reul/man.na.go/si.po*.yo

챙기다   che*ng.gi.da
☞ 動 整理、收拾

➪ 짐을 챙기다.

收拾行李。

ji.meul/che*ng.gi.da

처리하다   cho*.ri.ha.da
☞ 動 處理

⇨ 빨리 처리하세요.

請盡速處理。

bal.li/cho*.ri.ha.se.yo

처벌	cho*.bo*l
☞ 图 處罰	

⇨ 처벌을 받다.

受到處罰。

cho*.bo*.reul/bat.da

천사	cho*n.sa
☞ 图 天使	

⇨ 천사 같은 마음씨.

如天使般的心地。

cho*n.sa/ga.teun/ma.eum.ssi

철	cho*l
☞ 图 事理	

⇨ 철이 들다.

懂事。

cho*.ri/deul.da

철새	cho*l.se*
☞ 图 候鳥	

⇨ 여름 철새.

夏季候鳥。

yo*.reum/cho*l.se*

철저하다	cho*l.jo*.ha.da
☞ 彤 徹底	

⇩ 철저하게 조사하다.

徹底調查。

cho*l.jo*.ha.ge/jo.sa.ha.da

철학	cho*l.hak

☞ 名 哲學

⇩ 철학을 연구하다.

研究哲學。

cho*l.ha.geul/yo*n.gu.ha.da

첫눈	cho*n.nun

☞ 名 第一眼

⇩ 첫눈에 반하다.

一見鍾情。

cho*n.nu.ne/ban.ha.da

첫사랑	cho*t.ssa.rang

☞ 名 初戀

⇩ 평생 첫사랑을 잊지 못하다.

一輩子忘不了初戀。

pyo*ng.se*ng/cho*t.ssa.rang.eul/it.jji/mo.ta.da

첫인상	cho*.sin.sang

☞ 名 第一印象

⇩ 첫인상이 좋다.

第一印象好。

cho*.sin.sang.i/jo.ta

청혼	cho*ng.hon

☞ 名 求婚

• track 200

➪ 여자친구에게 청혼을 하다.

向女朋友求婚。

yo*.ja.chin.gu.e.ge/cho*ng.ho.neul/ha.da

체력	che.ryo*k
☞ 图 體力	

➪ 체력을 단련하다.

鍛鍊體力。

che.ryo*.geul/dal.lyo*n.ha.da

체온	che.on
☞ 图 體溫	

➪ 체온을 재다.

量體溫。

che.o.neul/jje*.da

체육	che.yuk
☞ 图 體育	

➪ 체육관.

體育館。

che.yuk.gwan

체중	che.jung
☞ 图 體重	

➪ 체중을 재다.

量體重。

che.jung.eul/jje*.da

체험하다	che.ho*m.ha.da
☞ 動 體驗	

▷이런 생활은 체험한 적이 없다.

沒體驗過這種生活。

i.ro*n/se*ng.hwa.reun/che.ho*m.han/jo*.gi/o*p.da

쳐다보다	cho*.da.bo.da
☞ 動 仰望、凝視	

▷상대방을 쳐다보다.

凝視對方。

sang.de*.bang.eul/cho*.da.bo.da

초과하다	cho.gwa.ha.da
☞ 動 超過	

▷인원을 초과하다.

超過人數。

i.nwo.neul/cho.gwa.ha.da

총	chong
☞ 名 槍	

▷총을 쏘다.

開槍。

chong.eul/sso.da

최선	chwe.so*n
☞ 名 最佳、最好	

▷최선을 다하다.

竭盡全力。

chwe.so*.neul/da.ha.da

최신	chwe.sin
☞ 名 最新	

⇨ 최신 기능.

最新功能。
chwe.sin/gi.neung

최저   chwe.jo*
☞ 名 最低

⇨ 최저 가격.

最低價格。
chwe.jo*/ga.gyo*k

추가   chu.ga
☞ 名 追加、附加

⇨ 추가 비용.

追加費用。
chu.ga/bi.yong

추리   chu.ri
☞ 名 推理

⇨ 추리 소설.

推理小說。
chu.ri/so.so*l

추천하다   chu.cho*n.ha.da
☞ 動 推薦

⇨ 인재을 추천하다.

推薦人選。
in.je*.eul/chu.cho*n.ha.da

추측하다   chu.cheu.ka.da
☞ 動 推測

⇨ 결과를 추측하다.

推測結果。

gyo*l.gwa.reul/chu.cheu.ka.da

축복	chuk.bok
☞ 名 祝福	

⇨ 축복을 받다.

得到祝福。

chuk.bo.geul/bat.da

축소하다	chuk.sso.ha.da
☞ 動 縮小	

⇨ 규모를 축소하다.

縮小規模。

gyu.mo.reul/chuk.sso.ha.da

출연하다	chu.ryo*n.ha.da
☞ 動 表演、演出	

⇨ 영화에 출연하다.

演電影。

yo*ng.hwa.e/chu.ryo*n.ha.da

출퇴근	chul.twe.geun
☞ 名 上下班	

⇨ 출퇴근 시간.

上下班時間。

chul.twe.geun/si.gan

충격	chung.gyo*k
☞ 名 沖擊	

▷충격을 받다.

受到衝擊。
chung.gyo*.geul/bat.da

충고　　　　　　　chung.go
☞ 图 忠告

▷부모님의 충고를 받아들이다.

接受父母的忠告。
bu.mo.ni.mui/chung.go.reul/ba.da.deu.ri.da

충분하다　　　　　chung.bun.ha.da
☞ 形 充分的

▷충분한 휴식.

充分的休息。
chung.bun.han/hyu.sik

치우다　　　　　　chi.u.da
☞ 動 收拾、整理

▷쓰레기를 치우다.

收拾垃圾。
sseu.re.gi.reul/chi.u.da

치즈　　　　　　　chi.jeu
☞ 图 奶酪

▷치즈 케이크.

奶酪蛋糕。
chi.jeu/ke.i.keu

침착하다　　　　　chim.cha.ka.da
☞ 形 沉著

⇨ 침착한 태도.

沈著的態度。

chim.cha.kan/te*.do

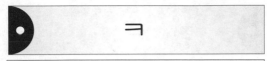

ㅋ

카메라   ka.me.ra
☞ 图 照相機

▷ 카메라 셔터를 누르다.

按下相機快門。
ka.me.ra/syo*.to*.reul/nu.reu.da

캠프   ke*m.peu
☞ 图 露營、野炊

▷ 야외 캠프.

野外露營。
ya.we/ke*m.peu

코끼리   ko.gi.ri
☞ 图 大象

▷ 인도 코끼리.

印度大象。
in.do/ko.gi.ri

코트   ko.teu
☞ 图 球場

▷ 테니스 코트.

網球球場。
te.ni.seu/ko.teu

ㅌ

타워　　　　　　　　ta.wo
☞ 名 塔

▷ 남산 타워.

南山塔。
nam.san/ta.wo

타인　　　　　　　　ta.in
☞ 名 他人、別人

▷ 타인과 같이 일하다.

和他人一起做事。
ta.in.gwa/ga.chi/il.ha.da

탈　　　　　　　　　tal
☞ 名 面具

▷ 탈을 쓰다.

戴面具。
ta.reul/sseu.da

탓하다　　　　　　　ta.ta.da
☞ 動 責怪

▷ 남을 탓하다.

責怪他人。
na.meul/ta.ta.da

태도　　　　　　　　te*.do
☞ 名 態度

➪ 겸손한 태도.

謙虛的態度。

gyo*m.son.han/te*.do

태양	te*.yang
☞ 图 太陽	

➪ 태양 에너지.

太陽能量。

te*.yang/e.no*.ji

태평양	te*.pyo*ng.yang
☞ 图 太平洋	

➪ 태평양 전쟁.

太平洋戰爭。

te*.pyo*ng.yang/jo*n.je*ng

택배	te*k.be*
☞ 图 快遞、宅配	

➪ 택배 회사.

快遞公司。

te*k.be*/hwe.sa.

털	to*l
☞ 图 毛	

➪ 털을 뽑다.

拔毛。

to*.reul/bop.da

테스트	te.seu.teu
☞ 图 測試、測驗	

➪ 테스트에 합격하다.

測驗合格。

te.seu.teu.e/hap.gyo*.ka.da

토끼	to.gi
☞ 图 兔子

➪ 토끼가 깡총깡총 뛰다.

兔子蹦蹦跳跳。

to.gi.ga/gang.chong.gang.chong/dwi.da

통	tong
☞ 圖 根本、完全

➪ 해결 방법을 통 모른다.

完全不知道解決方法。

he*.gyo*l/bang.bo*.beul/tong/mo.reun.da

통계	tong.gye
☞ 图 統計

➪ 통계분석.

統計分析。

tong.gye.bun.so*k

통역하다	tong.yo*.ka.da
☞ 動 口譯

➪ 중국어를 한국어로 통역하다.

將中文口譯成韓文。

jung.gu.go*.reul/han.gu.go*.ro/tong.yo*.ka.da

통일	tong.il
☞ 图 統一

⇩ 남북통일.

南北統一。

nam.buk.tong.il

퇴원하다	twe.won.ha.da
☞ 動 出院	

⇩ 나는 어제 퇴원했다.

我昨天出院了。

na.neun/o*.je/twe.won.he*t.da

투표	tu.pyo
☞ 图 投票	

⇩ 투표로 결정하다.

以投票來決定。

tu.pyo.ro/gyo*l.jo*ng.ha.da

특급	teuk.geup
☞ 图 特級	

⇩ 특급 호텔.

特級飯店。

teuk.geup/ho.tel

특기	teuk.gi
☞ 图 特長、專長	

⇩ 너의 특기는 뭐야?

你的專長是什麼?

no*.ui/teuk.gi.neun/mwo.ya

특성	teuk.sso*ng
☞ 图 特性	

⇨특성을 발휘하다.

發揮特性。

teuk.sso*ng.eul/bal.hwi.ha.da

튼튼하다	teun.teun.ha.da
☞ 形 結實	

⇨튼튼한 몸.

結實的身體。

teun.teun.han/mom

틀리다	teul.li.da
☞ 動 錯誤	

⇨틀린 부분이 있습니까?

有錯誤的地方嗎？

teul.lin/bu.bu.ni/it.sseum.ni.ga

틀림없다	teul.li.mo*p.da
☞ 形 沒錯、正確的	

⇨이건 틀림없는 정보다.

這是正確的情報。

i.go*n/teul.li.mo*m.neun/jo*ng.bo.da

ㅍ

파도	pa.do
☞ 图 波濤、波浪

♢ 파도 소리.

波浪聲。
pa.do/so.ri

판단	pan.dan
☞ 图 判斷

♢ 판단력.

判斷力。
pan.dal.lyo*k

판매	pan.me*
☞ 图 銷售

♢ 판매액.

銷售額。
pan.me*.e*k

패션	pe*.syo*n
☞ 图 時裝

♢ 패션쇼.

時裝秀。
pe*.syo*n.syo

퍼센트	po*.sen.teu
☞ 图 百分比

⇨퍼센트로 표시되다.

用百分比標示。

po*.sen.teu.ro/pyo.si.dwe.da

폐   pye
☞ 名 麻煩

⇨폐를 끼치다.

添麻煩。

pye.reul/gi.chi.da

편리하다   pyo*l.li.ha.da
☞ 形 方便、便利

⇨교통이 편리하다.

交通便利。

gyo.tong.i/pyo*l.li.ha.da

편안하다   pyo*.nan.ha.da
☞ 形 舒服、舒暢

⇨마음이 편안하다.

心情舒暢。

ma.eu.mi/pyo*.nan.ha.da

펼치다   pyo*l.chi.da
☞ 動 打開、翻開

⇨책을 펼치다.

打開書。

che*.geul/pyo*l.chi.da

평가   pyo*ng.ga
☞ 名 評價

➪ 좋은 평가를 받다.

得到好的評價。

jo.eun/pyo*ng.ga.reul/bat.da

평등	pyo*ng.deung
☞ 图 平等	

➪ 남녀의 평등을 추구하다.

追求男女平等。

nam.nyo*.ui/pyo*ng.deung.eul/chu.gu.ha.da

평론	pyo*ng.non
☞ 图 評論	

➪ 평론가.

評論家。

pyo*ng.non.ga

평범하다	pyo*ng.bo*m.ha.da
☞ 圈 平凡的	

➪ 평범한 사람.

平凡的人。

pyo*ng.bo*m.han/sa.ram

평생	pyo*ng.se*ng
☞ 图 一生、終生	

➪ 평생 교육.

終生教育。

pyo*ng.se*ng/gyo.yuk

평소	pyo*ng.so
☞ 图 平時	

⏎ 평소보다 사람이 많다.

比平時多人。

pyo*ng.so.bo.da/sa.ra.mi/man.ta

평평하다   pyo*ng.pyo*ng.ha.da
☞ 形 平坦、平平

⏎ 평평한 땅.

平坦的地面。

pyo*ng.pyo*ng.han/dang

평화롭다   pyo*ng.hwa.rop.da
☞ 形 和平、和睦

⏎ 평화로운 세계.

和平的世界。

pyo*ng.hwa.ro.un/se.gye

포근하다   po.geun.ha.da
☞ 形 暖和、柔暖

⏎ 날씨가 포근하다.

天氣暖和。

nal.ssi.ga/po.geun.ha.da

포기하다   po.gi.ha.da
☞ 動 拋棄、放棄

⏎ 희망을 포기하다.

放棄希望。

hi.mang.eul/po.gi.ha.da

포도주   po.do.ju
☞ 名 葡萄酒

⇨ 포도주를 마시다.

喝葡萄酒。

po.do.ju.reul/ma.si.da

포장지　　　po.jang.ji
☞ 图　包裝紙

⇨ 포장지로 싸다.

用包裝紙包。

po.jang.ji.ro/ssa.da

폭　　　pok
☞ 图　寬度、幅度

⇨ 폭이 넓다.

幅度寬。

po.gi/no*p.da

폭력　　　pong.nyo*k
☞ 图　暴力

⇨ 폭력을 행사하다.

行使暴力。

pong.nyo*.geul/he*ng.sa.ha.da

폭발하다　　　pok.bal.ha.da
☞ 動　爆炸、爆發

⇨ 폭탄이 폭발하다.

炸彈爆發。

pok.ta.ni/pok.bal.ha.da

폭우　　　po.gu
☞ 图　暴雨

▷ 폭우가 쏟아지다.

暴雨傾盆。

po.gu.ga/sso.da.ji.da

| 표기하다 | pyo.gi.ha.da |
☞ 動 標記

▷ 부호로 표기하다.

用符號標記。

bu.ho.ro/pyo.gi.ha.da

| 표면 | pyo.myo*n |
☞ 名 表面

▷ 표면이 거칠다.

表面粗糙。

pyo.myo*.ni/go*.chil.da

| 표시 | pyo.si |
☞ 名 表示、表現

▷ 사랑의 표시.

愛的表現。

sa.rang.ui/pyo.si

| 표준 | pyo.jun |
☞ 名 標準

▷ 표준 서식.

標準格式。

pyo.jun/so*.sik

| 표현 | pyo.hyo*n |
☞ 名 表現

➪ 적절한 표현.

適當的表現。

jo*k.jjo*l.han/pyo.hyo*n

품리다   pul.li.da
☞ 動 被解開

➪ 문제가 풀리다.

問題被解開。

mun.je.ga/pul.li.da

품종   pum.jong
☞ 图 品種

➪ 품종을 개량하다.

改善品種。

pum.jong.eul/ge*.ryang.ha.da

품질   pum.jil
☞ 图 品質、質量

➪ 좋은 품질.

好品質。

jo.eun/pum.jil

피로   pi.ro
☞ 图 疲勞

➪ 피로를 느끼다.

感到疲勞。

pi.ro.reul/neu.gi.da

피부   pi.bu
☞ 图 皮膚

➪ 피부가 아기처럼 부드럽다.

皮膚像孩子一樣柔軟。
pi.bu.ga/a.gi.cho*.ro*m/bu.deu.ro*p.da

피우다   pi.u.da
☞ 動 燒、生、點

➪ 불을 피우다.

生火。
bu.reul/pi.u.da

피하다   pi.ha.da
☞ 動 躲避

➪ 비를 피하다.

躲雨。
bi.reul/pi.ha.da

피해   pi.he*
☞ 图 損失、被害

➪ 피해를 입다.

受害。
pi.he*.reul/ip.da

필수   pil.su
☞ 图 必需

➪ 필수품.

必需品。
pil.su.pum

필요   pi.ryo
☞ 图 必要、需要

➪주말에는 회사에 갈 필요가 없다.

週末不需要去公司。

ju.ma.re.neun/hwe.sa.e/gal/pi.ryo.ga/o*p.da

ㅎ

하룻밤　　　　ha.rut.bam
☞ 名　一個晚上

○ 하룻밤을 보내다.

度過一個晚上。
ha.rut.ba.meul/bo.ne*.da

하지만　　　　ha.ji.man
☞ 副　可是

○ 사고 싶어요. 하지만 돈이 없어요.

我想買，可是沒有錢。
sa.go/si.po*.yo//ha.ji.man/do.ni/o*p.sso*.yo

학비　　　　　hak.bi
☞ 名　學費

○ 학비를 벌다.

賺學費。
hak.bi.reul/bo*l.da

학술　　　　　hak.ssul
☞ 名　學術

○ 학술 회의.

學術會議。
hak.ssul/hwe.ui

학업　　　　　ha.go*p
☞ 名　學業

▷ 학업이 뛰어나다.

學業優秀。

ha.go*.bi/dwi.o*.na.da

학위	ha.gwi

☞ 名 學位

▷ 박사 학위.

博士學位。

bak.ssa/ha.gwi

학자	hak.jja

☞ 名 學者

▷ 그는 유명한 학자이다.

他是很有名的學者。

geu.neun/yu.myo*ng.han/hak.jja.i.da

한가롭다	han.ga.rop.da

☞ 形 悠閒、清閒

▷ 여기는 조용하고 한가롭다.

這裡安靜又悠閒。

yo*.gi.neun/jo.yong.ha.go/han.ga.rop.da

한가운데	han.ga.un.de

☞ 名 正中間

▷ 광장 한가운데 서 있다.

站在廣場的正中間。

gwang.jang/han.ga.un.de/so*/it.da

한가위	han.ga.wi

☞ 名 中秋節

⇨ 한가위에 송편을 빚다.

中秋節捏松餅。

han.ga.wi.e/song.pyo*.neul/bit.da

한가하다　　han.ga.ha.da
☞ 形 悠閒

⇨ 한가한 시간.

悠閒的時間。

han.ga.han/si.gan

한겨울　　han.gyo*.ul
☞ 名 寒冬

⇨ 한겨울의 추위.

寒冬的嚴寒。

han.gyo*.u.rui/chu.wi

한결　　han.gyo*l
☞ 副 更加

⇨ 기분이 한결 좋아지다.

心情變得更好。

gi.bu.ni/han.gyo*l/jo.a.ji.da

한결같다　　han.gyo*l.gat.da
☞ 形 完全一致

⇨ 한결같은 신념.

一致的信念。

han.gyo*l.ga.teun/sin.nyo*m

한결같이　　han.gyo*l.ga.chi
☞ 副 一致地

➩ 다들 한결같이 이것을 선택했다.

大家一致選擇這個。

da.deul/han.gyo*l.ga.chi/i.go*.seul/sso*n.te*.ke*t.da

한계	han.gye

☞ 名 界線、限度

➩ 한계를 정하다.

決定界線。

han.gye.reul/jjo*ng.ha.da

한 바퀴	han ba.kwi

☞ 名 一圈

➩ 한 바퀴 돌다.

轉一圈。

han/ba.kwi/dol.da

한산하다	han.san.ha.da

☞ 形 冷清、幽靜

➩ 한산한 거리.

冷清的街道。

han.san.han/go*.ri

한잔	han.jan

☞ 名 一杯

➩ 술 한잔 하자!

一起去喝一杯吧！

sul/han.jan/ha.ja

한편	han.pyo*n

☞ 名 一邊

⇩ 한편으로 기울어지다.

往一邊傾斜。

han.pyo*.neu.ro/gi.u.ro*.ji.da

할인   ha.rin
☞ 名 折扣、打折

⇩ 할인 가격.

折扣價格。

ha.rin/ga.gyo*k

함께   ham.ge
☞ 副 一起

⇩ 친구와 함께 여행을 가다.

和朋友一起去旅行。

chin.gu.wa/ham.ge/yo*.he*ng.eul/ga.da

함부로   ham.bu.ro
☞ 副 隨便、胡亂

⇩ 말을 함부로 하지 마.

不要亂說話。

ma.reul/ham.bu.ro/ha.ji/ma

합격하다   hap.gyo*.ka.da
☞ 動 合格

⇩ 시험에 합격하다.

考試合格。

si.ho*.me/hap.gyo*.ka.da

항공   hang.gong
☞ 名 航空

➪ 항공료.

機票費用。

hang.gong.nyo

항상　　　　　　　hang.sang
☞ 副 經常、常常

➪ 그 사람은 항상 바쁘다.

那個人經常很忙。

geu.sa.ra.meun/hang.sang/ba.beu.da

해롭다　　　　　　he*.rop.da
☞ 形 有害

➪ 건강에 해롭다.

對健康有害。

go*n.gang.e/he*.rop.da

해석하다　　　　　he*.so*.ka.da
☞ 動 解釋

➪ 중국어로 해석하다.

用中文解釋。

jung.gu.go*.ro/he*.so*.ka.da

해양　　　　　　　he*.yang
☞ 名 海洋

➪ 해양 오염.

海洋汙染。

he*.yang/o.yo*m

해외　　　　　　　he*.we
☞ 名 海外

⇨ 해외 시장.

海外市場。

he*.we/si.jang

햄버거　　　　　　he*m.bo*.go*
☞ 名 漢堡

⇨ 소고기 햄버거.

牛肉漢堡。

so.go.gi/he*m.bo*.go*

햇볕　　　　　　　he*t.byo*t
☞ 名 陽光

⇨ 햇볕이 강하다.

陽光強。

he*t.byo*.chi/gang.ha.da

행동　　　　　　　he*ng.dong
☞ 名 行動

⇨ 단체 행동.

團體行動。

dan.che/he*ng.dong

행복　　　　　　　he*ng.bok
☞ 名 幸福

⇨ 행복을 추구하다.

追求幸福。

he*ng.bo.geul/chu.gu.ha.da

행사　　　　　　　he*ng.sa
☞ 名 活動

⇨경축 행사.

慶祝活動。

gyo*ng.chuk/he*ng.sa

향기	hyang.gi

☞图 香氣

⇨향기를 맡다.

聞香氣。

hyang.gi.reul/mat.da

헤어지다	he.o*.ji.da

☞動 分手、分開

⇨가족과 헤어지다.

和家人分開。

ga.jok.gwa/he.o*.ji.da

현금	hyo*n.geum

☞图 現金

⇨현금 거래.

現金交易。

hyo*n.geum/go*.re*

협조	hyo*p.jjo

☞图 協助

⇨다른 사람의 협조가 필요하다.

需要別人的協助。

da.reun/sa.ra.mui/hyo*p.jjo.ga/pi.ryo.ha.da

형제	hyo*ng.je

☞图 兄弟姐妹

➪ 형제가 몇이나 됩니까?

您有幾個兄弟姊妹？

hyo*ng.je.ga/myo*.chi.na/dwem.ni.ga

형편	hyo*ng.pyo*n

☞ 名 情況、家境

➪ 형편이 어렵다.

家境困難。

hyo*ng.pyo*.ni/o*.ryo*p.da

호기심	ho.gi.sim

☞ 名 好奇心

➪ 호기심을 일으키다.

引起好奇心。

ho.gi.si.meul/i.reu.ki.da

호수	ho.su

☞ 名 湖水

➪ 맑은 호수.

清澈的湖水。

mal.geun/ho.su

호주머니	ho.ju.mo*.ni

☞ 名 口袋

➪ 호주머니에서 돈을 꺼냈다.

從口袋拿出錢來。

ho.ju.mo*.ni.e.so*/do.neul/go*.ne*t.da

호텔	ho.tel

☞ 名 飯店、賓館

⇨ 호텔에 머무르다.

住在飯店。

ho.te.re/mo*.mu.reu.da

혹시	hok.ssi
☞ 圖 萬一、也許

⇨ 혹시 그녀가 오면 꼭 저한테 연락하세요.

萬一她來了，一定要聯絡我。

hok.ssi/geu.nyo*.ga/o.myo*n/gok/jo*.han.te/yo*l.la.ka.
se.yo

혼나다	hon.na.da
☞ 動 挨罵、責罵

⇨ 선생님께 혼났다.

被老師罵。

so*n.se*ng.nim.ge/hon.nat.da

혼인	ho.nin
☞ 图 婚姻

⇨ 혼인 관계.

婚姻關係。

ho.nin/gwan.gye

혼자	hon.ja
☞ 圖 單獨、獨自

⇨ 혼자 아이를 키우다.

獨自扶養小孩。

hon.ja/a.i.reul/ki.u.da

홈페이지	hom.pe.i.ji
☞ 图 網頁、主頁

➪ 홈페이지를 만들다.

製作網頁。

hom.pe.i.ji.reul/man.deul.da

홍수   hong.su
☞ 图 洪水、水災

➪ 홍수가 나다.

發生洪水。

hong.su.ga/na.da

화려하다   hwa.ryo*.ha.da
☞ 形 華麗的

➪ 화려한 의상.

華麗的衣裳。

hwa.ryo*.han/ui.sang

화장지   hwa.jang.ji
☞ 图 衛生紙

➪ 두루마리 화장지.

捲筒衛生紙。

du.ru.ma.ri/hwa.jang.ji

화제   hwa.je
☞ 图 話題

➪ 인기 있는 화제.

熱門的話題。

in.gi/in.neun/hwa.je

화창하다   hwa.chang.ha.da
☞ 形 晴和、和暢

•track 232

⇨ 화창한 날씨.

和暢的天氣。

hwa.chang.han/nal.ssi

화학	hwa.hak
☞ 图 化學	

⇨ 화학분자.

化學分子。

hwa.hak.bun.ja

확실하다	hwak.ssil.ha.da
☞ 形 確切、確實	

⇨ 확실한 증거.

確實的證據。

hwak.ssil.han/jeung.go*

확인하다	hwa.gin.ha.da
☞ 動 確認	

⇨ 금액을 확인하다.

確認金額。

geu.me*.geul/hwa.gin.ha.da

환경	hwan.gyo*ng
☞ 图 環境	

⇨ 환경을 보호하다.

保護環境。

hwan.gyo*ng.eul/bo.ho.ha.da

환율	hwa.nyul
☞ 图 匯率	

⟳ 환율 인상.

匯率上漲。

hwa.nyul/in.sang

환자　　　　　hwan.ja
☞ 图 患者

⟳ 환자를 돌보다.

照顧患者。

hwan.ja.reul/dol.bo.da

활기　　　　　hwal.gi
☞ 图 活力

⟳ 활기가 넘치다.

充滿活力。

hwal.gi.ga/no*m.chi.da

회원　　　　　hwe.won
☞ 图 會員

⟳ 회원 자격.

會員資格。

hwe.won/ja.gyo*k

효과　　　　　hyo.gwa
☞ 图 效果

⟳ 효과를 보다.

見效。

hyo.gwa.reul/bo.da

후보　　　　　hu.bo
☞ 图 候補、候選人

⇨ 대통령 후보.

總統候選人。

de*.tong.nyo*ng/hu.bo

후식	hu.sik
☞ 名 餐後甜點	

⇨ 오늘의 후식은 무엇입니까?

今天的甜點是什麼？

o.neu.rui/hu.si.geun/mu.o*.sim.ni.ga

훈련하다	hul.lyo*n.ha.da
☞ 動 訓練	

⇨ 군대를 훈련하다.

訓練軍隊。

gun.de*.reul/hul.lyo*n.ha.da

훌륭하다	hul.lyung.ha.da
☞ 形 優秀的	

⇨ 훌륭한 인재.

優秀的人才。

hul.lyung.han/in.je*

훨씬	hwol.ssin
☞ 副 更加、更	

⇨ 이것은 저것보다 훨씬 좋다.

這個比那個更好。

i.go*.seun/jo*.go*t.bo.da/hwol.ssin/jo.ta

휴게소	hyu.ge.so
☞ 名 休息站	

○고속도로 휴게소.

高速公路休息站。

go.sok.do.ro/hyu.ge.so

휴게실　　　　hyu.ge.sil
☞ 图 休息室

○고객 휴게실이 어디예요?

顧客休息室在哪裡？

go.ge*k/hyu.ge.si.ri/o*.di.ye.yo

휴관　　　　hyu.gwan
☞ 图 閉館、休館

○금일 휴관.

今日休館。

geu.mil/hyu.gwan

휴대전화　　　　hyu.de*.jo*n.hwa
☞ 图 手機

○휴대전화로 통화하다.

用手機通話。

hyu.de*.jo*n.hwa.ro/tong.hwa.ha.da

휴지　　　　hyu.ji
☞ 图 衛生紙、廢紙

○화장실 안에 휴지가 없어요.

廁所內沒有衛生紙。

hwa.jang.sil/a.ne/hyu.ji.ga/o*p.sso*.yo

흉내　　　　hyung.ne*
☞ 图 模仿

⇨ 흉내를 내다.

模仿。

hyung.ne*.reul/ne*.da

흉하다	hyung.ha.da

☞ 形 兇、不吉利

⇨ 흉한 꿈.

噩夢。

hyung.han/gum

흐르다	heu.reu.da

☞ 動 流逝

⇨ 세월이 흐르다.

歲月流逝。

se.wo.ri/heu.reu.da

흐리다	heu.ri.da

☞ 形 混濁

⇨ 물이 흐리다.

水質混濁。

mu.ri/heu.ri.da

흐리다	heu.ri.da

☞ 形 (天)陰

⇨ 날씨가 흐리다.

天氣陰。

nal.ssi.ga/heu.ri.da

흥분하다	heung.bun.ha.da

☞ 動 興奮

• track 237

▷ 너무 흥분하지 마라.

不要太興奮。

no*.mu/heung.bun.ha.ji/ma.ra

희망	hi.mang
☞ 图 希望	

▷ 희망을 품다.

懷抱希望。

hi.mang.eul/pum.da

Part
2

TOPIK

必備文法 中級

거니와

說 明

表示認定既有的事實，並且補充另一個事實。相當於中文的「而且…／再加上…」。

例 겨울에는 바람이 강하거니와 비도 많이 와요.

gyo*.u.re.neun/ba.ra.mi/gang.ha.go*.ni.wa/bi.do/ma.ni/wa.yo

冬天風很大，而且也很會下雨。

例 일도 많거니와 돈도 없어서 한국에 못 가요.

il.do/man.ko*.ni.wa/don.do/o*p.sso*.so*/han.gu.ge/mot.ga.yo

事情很多，又加上沒有錢，所以不能去韓國。

거든

說 明

表示假設或條件，通常後面會跟隨著命令或勸誘等句型。

例 계속 머리가 아프거든 집에 가세요.

gye.sok/mo*.ri.ga/a.peu.go*.deun/ji.be/ga.se.yo

如果頭一直很痛，就回家吧！

例 친구 화가 풀렸거든 같이 술을 마시자.

chin.gu/hwa.ga/pul.lyo*t.go*.deun/ga.chi/su.reul/
ma.si.ja

如果朋友的氣消了，就一起喝一杯吧！

거든요

說 明

表示談話者向聽話者說明對方不知道的事情。

Ⓐ 피곤해 보이시네요.

pi.gon.he*/bo.i.si.ne.yo

你看起來很疲倦呢！

Ⓑ 감기에 걸렸거든요.

gam.gi.e/go*l.lyo*t.go*.deu.nyo

因為我感冒了。

Ⓐ 요즘 바쁘세요?

yo.jeum/ba.beu.se.yo

最近很忙嗎？

Ⓑ 네, 시험이 있거든요.

ne//si.ho*.mi/it.go*.deu.nyo

是的，因為有考試。

게 되다

說 明

表示「因為前面的原因，才引發後面的事實」，使用在無人為意志下的自然發生狀況。相當於中文的「變得…」。

例 중국 학생이 많아서 중국어를 알게 되었어요.

jung.guk/hak.sse*ng.i/ma.na.so*/jung.gu.go*.reul/al.ge/dwe.o*.sso*.yo

因為中國學生很多，（自然）就學會了中文。

例 비가 와서 여행을 못 가게 되었어요.

bi.ga/wa.so*/yo*.he*ng.eul/mot/ga.ge/dwe.o*.sso*.yo

因為下雨，變得不能去旅行了。

게/기 마련이다

說 明

接在動詞或形容詞後面，表示「當然的事情」。

例 사람은 만나면 헤어지기 마련이다.

sa.ra.meun/man.na.myo*n/he.o*.ji.gi/ma.ryo*.ni.da

人有合必有分。

例 매일 만나다 보면 정이 들기 마련이다.

● track 241

me*.il/man.na.da/bo.myo*n/jo*ng.i/deul.gi/ma.
ryo*.ni.da

如果每天見面，自然會有感情。

고 말았다

說明

表示最後還是發生了相當惋惜，或自己不希望發生的事。

例 그 아이는 결국 울음을 터뜨리고 말았습니다.

geu/a.i.neun/gyo*l.guk/u.reu.meul/to*.deu.ri.go/
ma.rat.sseum.ni.da

結果那孩子放聲大哭了。

例 남자친구와 매일 싸우다가 결국 헤어지고 말았어요.

nam.ja.chin.gu.wa/me*.il/ssa.u.da.ga/gyo*l.guk/
he.o*.ji.go/ma.ra.sso*.yo

每天和男朋友吵架，最後終於分手了。

고 말겠다

說 明

表示談話者要實現某事的強烈意志,通常會與「반드
시」、「꼭」等副詞一起使用。

例 이번에는 꼭 다이어트에 성공하고 말겠
어요.

i.bo*.ne.neun/gok/da.i.o*.teu.e/so*ng.gong.ha.go/
mal.ge.sso*.yo

這次我一定要減肥成功。

例 담배를 반드시 끊고 말겠어요.

dam.be*.reul/ban.deu.si/geun.ko/mal.ge.sso*.yo

我一定要戒菸。

고 해서

說 明

表示有許多的原因,前句的內容只是後句行為的其中
一項原因。

例 오늘 사진도 찍고 해서 화장을 했어요.

o.neul/ssa.jin.do/jjik.go/he*.so*/hwa.jang.eul/he*.
sso*.yo

因為今天也要照相,所以化了妝。

例 다른 약속도 있고 해서 일찍 퇴근하려
고 해요.

• track 243

da.reun/yak.ssok.do/it.go/he*.so*/il.jjik/twe.geun.
ha.ryo*.go/he*.yo

因為也有其他約會，所以想早點下班。

고말고요

說明

接在動詞或形容詞後面，表示「當然」之意。

Ⓐ 이 선물을 좋아하세요?

i/so*n.mu.reul/jjo.a.ha.se.yo

你喜歡這個禮物嗎？

Ⓑ 마음에 들고말고요.

ma.eu.me/deul.go.mal.go.yo

當然喜歡啊！

Ⓐ 연필 좀 빌릴 수 있어요?

yo*n.pil/jom/bil.lil/su/i.sso*.yo

可以借我鉛筆嗎？

Ⓑ 괜찮고말고요.

gwe*n.chan.ko.mal.go.yo

當然可以！

고자

說 明

表示目的或希望，後面可以加上「하다」一起使用。

例 목적을 달성하고자 최선을 다합니다.
mok.jjo*.geul/dal.sso*ng.ha.go.ja/chwe.so*.neul/
da.ham.ni.da

為了達到目標全力以赴。

例 교수가 되고자 하는 의욕이 아주 강해요.
gyo.su.ga/dwe.go.ja/ha.neun/ui.yo.gi/a.ju/gang.
he*.yo

想成為教授的企圖心強烈。

곤 하다

說 明

表示反覆某種情況或常做某一件事，相當於中文的
「經常做…」。

例 주말에는 늦잠을 자곤 합니다.
ju.ma.re.neun/neut.jja.meul/jja.gon/ham.ni.da

週末經常睡懶覺。

例 저는 고등학교때 배구를 하곤 했어요.
jo*.neun/go.deung.hak.gyo.de*/be*.gu.reul/ha.
gon/he*.sso*.yo

我高中的時候，經常打排球。

(는)구나

說明
表示對新發現的事實發出感嘆，或提出評價。

例 그녀가 왔구나.

geu.nyo*.ga/wat.gu.na

她來了啊！

例 풍경이 참 아름답구나.

pung.gyo*ng.i/cham/a.reum.dap.gu.na

風景真美啊！

기에는

說明
表示評價的基準，通常使用在負面的狀況下。

例 이 날씨가 밖에서 놀기에는 너무 추워요.

i/nal.ssi.ga/ba.ge.so*/nol.gi.e.neun/no*.mu/chu.wo.yo

這種天氣在外面玩太冷了。

例 이 아이는 유학을 하기에는 너무 어려요.

i/a.i.neun/yu.ha.geul/ha.gi.e.neun/no*.mu/o*.ryo*.yo

這孩子去國外留學還太小了。

기 바라다

說 明

表示談話者的期望或願望。

例 입학 시험에 합격하기를 바랍니다.
i.pak/si.ho*.me/hap.gyo*.ka.gi.reul/ba.ram.ni.da
希望入學考試可以合格。

例 부모님이 오래 건강하시기를 바랍니다.
bu.mo.ni.mi/o.re*/go*n.gang.ha.si.gi.reul/ba.ram.
ni.da
希望父母親可以永遠健康。

기 쉽다/어렵다

說 明

「기 쉽다」表示某事容易實現;「기 어렵다」表示
某事難以實現。

例 유리는 깨어지기 쉽다.
yu.ri.neun/ge*.o*.ji.gi/swip.da
玻璃容易碎。

例 이 책의 내용은 이해하기가 어렵다.
i/che*.gui/ne*.yong.eun/i.he*.ha.gi.ga/o*.ryo*p.da
這本書的內容難以理解。

기 시작하다

說明

表示「開始」了某一行為。

例 밖에 비가 내리기 시작했다.
ba.ge/bi.ga/ne*.ri.gi/si.ja.ke*t.da
外面開始下雨了。

例 언제부터 영어를 배우기 시작했어요?
o*n.je.bu.to*/yo*ng.o*.reul/be*.u.gi/si.ja.ke*.
sso*.yo
你從何時開始學英文的呢?

기 싫다

說明

表示不願意做某事。

例 회사에 가기 싫다.
hwe.sa.e/ga.gi/sil.ta
不想去上班。

例 꼴도 보기 싫어요.
gol.do/bo.gi/si.ro*.yo
不想看到你。

기(가) 일쑤(이)다

說 明

表示某一行為經常發生，主要使用在負面的情況反覆發生。

例 어린 아이들은 걷다가 넘어지기가 일쑤다.

o*.rin/a.i.deu.reun/go*t.da.ga/no*.mo*.ji.gi.ga/il.ssu.da

小孩子走路時，經常會跌倒。

例 그녀는 늦잠을 자기 일쑤다.

geu.nyo*.neun/neut.jja.meul/jja.gi/il.ssu.da

她經常睡懶覺。

기는요

說 明

表示否定對方所講的話，有時也表示「謙虛」之意。名詞後面接「은/는요」。

Ⓐ 당신의 남자친구 정말 멋있네요.

dang.si.nui/nam.ja.chin.gu/jo*ng.mal/mo*.sin.ne.yo

你男朋友真的很帥耶！

Ⓑ 멋있기는요. 그냥 그래요.

mo*.sit.gi.neu.nyo//geu.nyang/geu.re*.yo

哪有帥啊！一般啦！

Ⓐ 빵을 좋아하나 봐요.

bang.eul/jjo.a.ha.na/bwa.yo

你好像很喜歡吃麵包。

Ⓑ 좋아하기는요. 너무 바빠서 할 수 없이 먹는거죠.

jo.a.ha.gi.neu.nyo//no*.mu/ba.ba.so*/hal/ssu/o*p.
ssi/mo*ng.neun/go*.jyo

哪有喜歡啊！因為太忙了，沒辦法才吃的。

기도 하다

說明

接在動詞後面，表示「也」會去做某事。相當於中文的「也…也…」。

例 가끔 부모님에게 밥을 해 드리기도 합
니다.

ga.geum/bu.mo.ni.me.ge/ba.beul/he*/deu.ri.gi.do/
ham.ni.da

偶爾也會煮飯給父母吃。

例 시간이 있으면 영화관에 가기도 하고 친
구를 만나러 가기도 합니다.

si.ga.ni/i.sseu.myo*n/yo*ng.hwa.gwa.ne/ga.gi.do/
ha.go/chin.gu.reul/man.na.ro*/ga.gi.do/ham.ni.da

有時間的話，也會去電影院或去見朋友。

기만 하다

說明

表示「只做某一件事」，相當於中文的「只…」。

例 그는 일을 안 하고 하루종일 놀기만 해요.

geu.neun/i.reul/an/ha.go/ha.ru.jong.il/nol.gi.man/he*.yo

他不工作，整天只是玩。

例 돈을 벌지 않고 쓰기만 해요.

do.neul/bo*l.ji/an.ko/sseu.gi.man/he*.yo

不賺錢，只花錢。

길래

說明

表示原因，通常在對自己已付諸行動的事實，闡明其原因、理由或根據時使用。

例 머리가 아프길래 약을 사 먹었어요.

mo*.ri.ga/a.peu.gil.le*/ya.geul/ssa/mo*.go*.sso*.yo

因為頭很痛，所以買藥來吃了。

例 자동차가 고장났길래 수리 공장에 다녀왔어요.

ja.dong.cha.ga/go.jang.nat.gil.le*/su.ri/gong.jang.e/da.nyo*.wa.sso*.yo

因為車子故障了，所以去了趟修理廠。

(으)ㄴ/는 가운데

說 明

表示在做某行為的途中。若接在形容詞後面,表示在某種情況下。

例 연구하는 가운데 알게 될 것이다.

yo*n.gu.ha.neun/ga.un.de/al.ge/dwel/go*.si.da

你會在研究之中了解的。

例 친구들이 지켜보는 가운데 여자친구한
데 청혼을 했다.

chin.gu.deu.ri/ji.kyo*.bo.neun/ga.un.de/yo*.ja.
chin.gu.han.te/cho*ng.ho.neul/he*t.da

在朋友們的注目之下,向女朋友求婚了。

(으)ㄴ/는 걸 보니까

說 明

接在動詞或形容詞後面,表示推測的依據。

例 약을 먹는 걸 보니까 아픈가 봐요.

ya.geul/mo*ng.ncun/go*l/bo.ni.ga/a.peun.ga/bwa.yo

從他在吃藥來看,好像生病了。

例 방이 깨끗한 걸 보니까 청소했나 봐요.

bang.i/ge*.geu.tan/go*l/bo.ni.ga/cho*ng.so.he*n.
na/bwa.yo

房間看來很乾淨,應該是打掃過了。

(으)ㄴ/는 김에

說 明

表示利用前一動作，順便做其他事，相當於中文的
「既然…就順便…」。

例 환전하러 명동에 간 김에 쇼핑도 했어요.

hwan.jo*n.ha.ro*/myo*ng.dong.e/gan/gi.me/syo.
ping.do/he*.sso*.yo

去明洞換錢，也順便購物了。

例 백화점에 간 김에 모자를 샀어요.

be*.kwa.jo*.me/gan/gi.me/mo.ja.reul/ssa.sso*.yo

既然去了百貨公司，就順便買了帽子。

(으)ㄴ 다음에

說 明

表示「做了…之後」，與「(으)ㄴ 후에」和「(으)ㄴ
뒤에」的意義相同，可以互相使用。

例 퇴근한 다음에 쇼핑하러 갑시다.

twe.geun.han/da.eu.me/syo.ping.ha.ro*/gap.ssi.da

下班後，一起去購物吧！

例 저녁을 먹은 다음에 과일도 먹었어요.

jo*.nyo*.geul/mo*.geun.da.eu.me/gwa.il.do/mo*.
go*.sso*.yo

吃完晚餐後，又吃了水果。

(으)ㄴ/는 대신(에)

說明

接在動詞或形容詞後面，表示後句的內容代替前面的內容。

例 이 가방은 가격이 비싼 대신 질이 좋습니다.

i/ga.bang.cun/ga.gyo*.gi/bi.ssan/de*.sin/ji.ri/jo.sseum.ni.da

這包包的價格雖然貴，但質料好。

例 밥 대신에 빵을 먹다.

bap/de*.si.ne/bang.eul/mo*k.da

以麵包取代飯吃。

(으)ㄴ/는 덕분에

說明

表示「多虧」之意。

例 응원해 주신 덕분에 이번 공연이 아주 성공적입니다.

eung.won.he*/ju.sin/do*k.bu.ne/i.bo*n/gong.yo*.ni/a.ju/so*ng.gong.jo*.gim.ni.da

多虧您的聲援，這次的公演相當成功。

例 많이 도와 주신 덕분에 이 일을 잘 끝낼 수 있었습니다.

ma.ni/do.wa/ju.sin/do*k.bu.ne/i/i.reul/jjal/geun.
ne*l/su/i.sso*t.sseum.ni.da

多虧您的大力幫忙，這件事才能順利解決。

(으)ㄴ/는 데다가

說 明

表示在前面的動作或狀態後面，再加上另一個的動作
或狀態。

例 어제 본 영화가 재미있는 데다가 남자
주인공이 멋있었어요.

o*.je/bon/yo*ng.hwa.ga/je*.mi.in.neun/de.da.ga/
nam.ja.ju.in.gong.I/mo*.si.sso*.sso*.yo

昨天看的電影不但有趣，男主角又帥。

例 그 여자가 파마를 한 데다가 염색을 했
어요.

geu/yo*.ja.ga/pa.ma.reul/han/de.da.ga/yo*m.se*.
geul/he*.sso*.yo

那女生燙完頭髮後又染髮。

듯이

說 明

表示後句的內容與前句的內容相似，相當於中文的
「像…一樣」。

例 물 쓰듯이 돈을 쓰다.

mul/sseu.deu.si/do.neul/sseu.da

花錢如流水。

例 그는 거짓말을 밥먹듯이 해서 믿을 수
가 없어요.

geu.neun/go*.jin.ma.reul/bam.mo*k.deu.si/he*.
so*/mi.deul/ssu.ga/o*p.sso*.yo

他講謊話像吃飯一樣輕鬆，所以不能相信。

(으)ㄴ/는 마당에

說 明

表示達成某種事情的狀況或處境，主要使用消極或否
定的表現。

例 모두가 열심히 공부하는 마당에 너만 놀
아서 되겠니?

mo.du.ga/yo*l.sim.hi/gong.bu.ha.neun/ma.dang.e/
no*.man/no.ra.so*/dwe.gen.ni

大家都在用功讀書只有你在玩，這樣行嗎？

例 헤어지는 마당에 더 이상 변명할 필요가 있겠어요?

he.o*.ji.neun/ma.dang.e/do*/i.sang/byo*n.myo*ng.hal/pi.ryo.ga/it.ge.sso*.yo

都要分手了，還需要再做解釋嗎？

(으)ㄴ/는 만큼

說 明

表示與前面所述的內容相同的程度或限度，主要是對「量或程度」的比較。

例 준수씨가 똑똑한 만큼 저도 똑똑해요.

jun.su.ssi.ga/dok.do.kan/man.keum/jo*.do/dok.do.ke*.yo

我和俊秀一樣聰明。

例 네가 먹는 만큼 나도 먹을 수 있어.

ne.ga/mo*ng.neun/man.keum/na.do/mo*.geul/ssu/i.sso*

你能吃多少，我也能吃多少。

는/(으)ㄴ/(으)ㄹ 모양이다

說 明

表示客觀情況下的推測，相當於中文的「好像…的樣子」。

例 앞에서 사고가 난 모양인데요.

a.pe.so*/sa.go.ga/nan/mo.yang.in.de.yo

前面好像發生事故的樣子。

例 비가 올 모양이에요.

bi.ga/ol/mo.yang.i.e.yo

好像要下雨的樣子。

(으)ㄴ/는 반면(에)

說 明

表示前句的內容和後句的內容相反。

例 그녀는 예쁘지 않은 반면에 머리가 아주 똑똑합니다.

geu.nyo*.neun/ye.beu.ji/a.neun/ban.myo*.ne/mo*.ri.ga/a.ju/dok.do.kam.ni.da

她不漂亮，但很聰明。

例 월급을 많이 받을 수 있는 반면에 매일 밤 늦게야 퇴근할 수 있다.

wol.geu.beul/ma.ni/ba.deul/ssu.in.neun/ban.myo*.
ne/me*.il/bam/neut.ge.ya/twe.geun.hal/ssu.it.da

可以拿到很多薪水，但每天都要很晚才能下班。

(으)ㄴ/는 법이다

說 明

表示已經確定或必然的事情。

----

⑩ 세상에 공짜는 없는 법이다.
se.sang.e/gong.jja.neun/o*m.neun/bo*.bi.da
世界上沒有免費的事。

----

⑩ 맑은 날이 있으면 흐린 날도 있는 법이
다.
mal.geun/na.ri/i.sseu.myo*n/heu.rin/nal.do/in.
neun/bo*.bi.da
有晴天就有陰天。

(으)ㄴ/는 셈이다

說 明

表示「自己做的事情和某件事幾乎是相同的」，相當於中文的「算是…」。

例 저는 지난 주말에 열두시간을 잤으니까 하루종일 잔 셈이에요.
jo*.neun/ji.nan/ju.ma.re/yo*l.du.si.ga.neul/jja. sseu.ni.ga/ha.ru.jong.il/jan/se.mi.e.yo
我上個週末睡了 12 個小時，算是睡了一整天。

例 그는 수업 끝나기 십분전에 왔으니까 수업을 안 한 셈이에요.
geu.neun/su.o*p/geun.na.gi/sip.bun.jo*.ne/wa. sseu.ni.ga/su.o*.beul/an/han/se.mi.e.yo
他在下課前 10 分鐘來上課，算是都沒上到課。

(으)ㄴ 일이 있다/없다

說 明

表示是否曾經做過某事，或有無經歷過某事的經驗。

例 전에 한국에 간 일이 있습니까?
jo*.ne/han.gu.ge/gan/i.ri/it.sseum.ni.ga
你之前有去過韓國嗎？

例 생일 선물을 받은 일이 없습니다.
se*ng.il/so*n.mu.reul/ba.deun/i.ri/o*p.sseum.ni.da
未曾收到過生日禮物。

(으)ㄴ/는 채(로)

說明

表示維持著前面行為的狀態之下，做後面的行為。通常表示「維持著不正常或不應該的狀態」。

例 신발을 신은 채 들어가지 마세요.
sin.ba.reul/ssi.neun/che*/deu.ro*.ga.ji.ma.se.yo
請不要穿著鞋子進去。

例 가방을 지하철에 둔 채 내렸어요.
ga.bang.eul/jji.ha.cho*.re/dun/che*/ne*.ryo*.sso*.yo
把包包放在地鐵內，就下車了。

(으)ㄴ/는 척하다

說明

表示「假裝…／裝作…」。與「(으)ㄴ/는 체하다」的意思相同。

例 그 아이는 성인인 척했다.
geu/a.i.neun/so*ng.i.nin/cho*.ke*t.da
那孩子假裝是大人。

例 그 잘난 척하는 남자는 예쁘지 않은 여자들과 이야기하지 않는다.
geu/jal.lan/cho*.ka.neun/nam.ja.neun/ye.beu.ji/a.neun/yo*.ja.deul.gwa/i.ya.gi.ha.ji/an.neun.da
那自以為了不起的男子，不和不漂亮的女生講話。

(으)ㄴ/는 체하다

說明

表示「假裝…/裝作…」。與「(으)ㄴ/는 척하다」的意思相同。

例 그 사람은 알면서도 모르는 체했다.

geu/sa.ra.meun/al.myo*n.sso*.do/mo.reu.neun/che.he*t.da

那個人明明知道，還裝作不知道。

- -

例 그 친구는 날 보고도 못 본 체했다.

geu/chin.gu.neun/nal/bo.go.do/mot/bon/che.he*t.da

那位朋友看到我了，還假裝沒看到。

(으)ㄴ/는 탓에

說明

表示前面的負面原因，造成後面出現不好的結果。名詞後面接「탓에」即可。

例 집이 너무 넓은 탓에 청소하기 힘들어요.

ji.bi/no*.mu/no*p.eun/ta.se/cho*ng.so.ha.gi/him.deu.ro*.yo

因為房子很大，所以打掃起來很辛苦。

- -

例 제가 너무 서둔 탓에 집에 휴대폰을 놓고 왔어요.

je.ga/no*.mu/so*.dun/ta.se/ji.be/hyu.de*.po.neul/
no.ko/wa.sso*.yo

因為我太急忙了，把手機放在家裡就來了。

는/(으)ㄴ편이다

說明

表示「一般看來是如此」的意思，相當於中文的「算
是…」。

例 언니보다 여동생의 키가 더 큰 편이에요.

o*n.ni.bo.da/yo*.dong.se*ng.ui/ki.ga/do*/keun/
pyo*.ni.e.yo

比起姊姊，妹妹算是比較高。

例 오늘 날씨는 어제보다 따뜻한 편이에요.

o.neul/nal.ssi.neun/o*.je.bo.da/da.deu.tan/pyo*.ni.
e.yo

今天的天氣算是比昨天還溫暖。

(으)ㄴ/는 한

說明

表示只要在前句的條件下，就會出現後句的行為或狀態。

例 둘이 계속 싸우는 한 헤어질 것이다.

du.ri/gye.sok/ssa.u.neun/han/he.o*.jil/go*.si.da

如果他們倆個再繼續吵架的話，一定會分手的。

例 여러분들이 있는 한 저는 계속 행복할 거예요.

yo*.ro*.bun.deu.ri/in.neun/han/jo*.neun/gye.sok/
he*ng.bo.kal/go*.ye.yo

只要有大家，我會繼續幸福下去的。

(으)ㄴ/는가 보다

說明

表示靠自己的觀察，或持有充分的依據來推測。

例 그녀는 많이 아픈가 봐요.

geu.nyo*.neun/ma.ni/a.peun.ga/bwa.yo

她好像很不舒服。

例 비빔밥이 너무 매운가 봐요. 물을 많이 마시는군요.

bi.bim.ba.bi/no*.mu/me*.un.ga/bwa.yo./mu.reul/
ma.ni/ma.si.neun.gu.nyo

拌飯好像很辣，一直喝水呢！

(ㄴ/는)다고 해도

說 明

表示「讓步」，也與過去式「았/었/였」一起使用，相當於中文的「即使…也…」。

例 옷을 산다고 해도 입을 일이 없을 것 같아요.

o.seul/ssan.da.go/he*.do/i.beul/i.ri/o*p.sseul/go*t/ga.ta.yo

就算買了衣服，好像也沒有機會穿。

例 내일 비가 온다고 해도 여행을 떠날 거예요.

ne*.il/bi.ga/on.da.go/he*.do/yo*.he*ng.eul/do*.nal/go*.ye.yo

就算明天下雨了，也會去旅行。

(ㄴ/는)다고 해서

說 明

表示原因或根據，前句可以引用他人講的話。

例 회사가 망했다고 해서 자살하려는 생각이 있으면 안 돼요.

we.sa.ga/mang.he*t.da.go/he*.so*/ja.sal.ha.ryo*.neun/se*ng.ga.gi/i.sseu.myo*n/an/dwe*.yo

不能因為公司倒閉了，就有自殺的想法。

---

⑩기분이 안 좋다고 해서 함부로 욕하면
안 되죠.

gi.bu.ni/an/jo.ta.go/he*.so*/ham.bu.ro/yo.ka.myo*n/an/dwe.jyo

不能因為心情不好，就亂罵人。

ㄴ/는다면

說 明

表示假定前面的事實或狀況，是對未來的假設（通常發生的可能性小）。

⑩그 친구를 다시 만난다면 꼭 사과하고
싶어요.

geu/chin.gu.reul/da.si/man.nan.da.myo*n/gok/sa.gwa.ha.go/si.po*.yo

如果再次遇見那位朋友，一定要向他道歉。

---

⑩필요없다면 다른 사람에게 선물하세요.

pi.ryo.o*p.da.myo*n/da.reun/sa.ra.me.ge/so*n.mul.ha.se.yo

如果不需要，請送給其他人吧！

(으)ㄴ/는데도 불구하고

說明

表示後句的內容不受前句內容的拘束，相當於中文的「即使…/儘管…」。

例 많이 먹는데도 불구하고 살이 찌지 않아요.

ma.ni/mo*ng.neun.de.do/bul.gu.ha.go/sa.ri/jji.ji/a.na.yo

即使吃了很多，還是不會變胖。

例 피곤한데도 불구하고 노인한테 자리를 양보했어요.

pi.gon.han.de.do/bul.gu.ha.go/no.in.han.te/ja.ri.reul/yang.bo.he*.sso*.yo

即使很疲累，還是讓位給老人家了。

(으)ㄴ들

說明

表示即使有前句的狀況，也不會影響到後句的狀況。通常後面會使用反問或否定。

例 아무리 돈이 많은들 건강을 잃으면 무슨 소용이 있어요?

• track 267

a.mu.ri/do.ni/ma.neun/deul/go*n.gang.eul/i.reu.
myo*n/mu.seun/so.yong.i/i.sso*.yo

即使錢很多，如果失去了健康又有什麼用呢？

例 아무리 한국어를 잘 한들 한국사람만큼 잘 하겠습니까?

a.mu.ri/han.gu.go*.reul/jjal/han.deul/han.guk.ssa.
ram.man.keum/jal/ha.get.sseum.ni.ga

就算韓語講得再好，會和韓國人一樣好嗎？

나 보다

說 明
表示靠自己的觀察，或持有充分的依據來推測。

例 숙미씨와 준수씨가 술을 많이 마셨나 봐요.

sung.mi.ssi.wa/jun.su.ssi.ga/su.reul/ma.ni/ma.syo*
n.na/bwa.yo

淑美和俊秀好像喝很多酒。

例 그는 늦잠을 자나 봐요.

geu.neun/neut.jja.meul/jja.na/bwa.yo

他好像在睡懶覺。

나마

說 明

表示前面所接的名詞雖不是最好的選項，但還可以接受。此用法與「(이)라도」類似，但只能用於表現，不可用於勸誘及命令句。

例 잠시나마 너를 볼 수 있어서 행복했어.
jam.si.na.ma/no*.reul/bol/su/i.sso*.so*/he*ng.bo.ke*.sso*

即使是暫時的，能夠見到你就很幸福了。

例 라면이나마 있어서 다행이에요.
ra.myo*.ni.na.ma/i.sso*.so*/da.he*ng.i.e.yo

幸好還有泡麵。

나요

說 明

為疑問型，表示對他人的親切詢問，或對不熟識的人的詢問。

例 어서 오세요. 무엇을 찾으시나요?
o*.so*/o.se.yo./mu.o*.seul/cha.jeu.si.na.yo

歡迎光臨！您要找什麼嗎？

例 아버지는 밥을 잘 드시나요?
a.bo*.ji.neun/ba.beul/jjal/deu.si.na.yo

爸爸有好好吃飯嗎？

네요

說明

表示感嘆，主要使用在以前不知道，現在才發現的事情，或對自己看到的事實，感到些許驚訝時。

例 그는 한국어를 잘하네요.

geu.neun/han.gu.go*.reul/jjal.ha.ne.yo

他的韓語講得真好。

例 어머, 준수씨의 여자친구가 예쁘네요.

o*.mo*,/jun.su.ssi.ui/yo*.ja.chin.gu.ga/ye.beu.ne.yo

哎呀！俊秀的女朋友真漂亮。

느니

說明

表示比起前句的行為或狀況，後句的行為或狀況更好。相當於中文的「與其…不如…」。

例 그녀를 기다리느니 차라리 내가 가지.

geu.nyo*.reul/gi.da.ri.neu.ni/cha.ra.ri/ne*.ga/ga.ji

等她來，不如我去。

例 이런 일을 하느니 차라리 집에서 자겠어요.

i.ro*n/i.reul/ha.neu.ni/cha.ra.ri/ji.be.so*/ja.ge.sso*.yo

與其做這種事，不如在家裡睡覺。

느라고

說明

表示原因，主要使用在出現否定的結果時。相當於中文的「因為…」。

例 친구를 기다리느라고 점심을 못 먹었어요.

chin.gu.reul/gi.da.ri.neu.ra.go/jo*m.si.meul/mot/mo*.go*.sso*.yo

因為等朋友的關係，所以沒吃午餐。

例 일찍 나오느라고 세수도 못했어요.

il.jjik/na.o.neu.ra.go/se.su.do/mo.te*.sso*.yo

因為較早出門的關係，連臉也沒洗。

(으)ㄴ/는/(으)ㄹ걸요

說明

表示談話者斷定某種事實。「(으)ㄹ걸요」則表示對未來即將發生的事加以推測。

例 방학이지만, 저는 계속 학교에 가는걸요.

bang.ha.gi.ji.man,/jo*.neun/gye.sok/hak.gyo.e/ga.neun.go*.ryo

雖然放假，但我還是會繼續去學校吧！

例 주말에는 여관마다 만원일걸요.

ju.ma.re.neun/yo*.gwan.ma.da/ma.nwo.nil.go*.ryo

周末，每家旅館都會客滿吧！

은/는 고사하고

說 明

表示「別說是…就連…」，使用在否定的情況。

例 재산은 고사하고 건강까지 잃었어요.
je*.sa.neun/go.sa.ha.go/go*n.gang.ga.ji/i.ro*.sso*.
yo
別說是財產了，就連健康也失去了。

例 점심은 고사하고 아침밥도 못 먹었다.
jo*m.si.meun/go.sa.ha.go/a.chim.bap.do/mot/mo*.
go*t.da
別說是午餐了，連早餐也沒吃。

- -

는 길이다

說 明

表示正要去的方向，相當於中文的「在…的路上」。

例 공항에 가는 길이에요.
gong.hang.e/ga.neun/gi.ri.e.yo
在去機場的路上。

- -

例 옷을 사러 백화점에 가는 길이에요.
o.seul/ssa.ro*/be*.kwa.jo*.me/ga.neun/gi.ri.e.yo
在去百貨公司買衣服的路上。

- -

는 대로

說明

表示前面的行為或狀態一結束，馬上做後面的行為。

例 용돈을 받는 대로 친구에게 빌린 돈을 줄 거예요.

yong.do.neul/ban.neun/de*.ro/chin.gu.e.ge/bil.lin/do.neul/jjul/go*.ye.yo

一領到零用錢，馬上退還向朋友借的錢。

例 집에 도착하는 대로 나한테 전화해 줘.

ji.be/do.cha.ka.neun/de*.ro/na.han.te/jo*n.hwa.he*/jwo

你一回到家，就馬上打電話給我。

는 동시에

說明

表示兩個動作同時進行。若接在이나後面，表示同時為兩種身分。

例 밖에 나가는 동시에 비가 내리기 시작했어요.

ba.ge/na.ga.neun/dong.si.e/bi.ga/ne*.ri.gi/si.ja.ke*.sso*.yo

在我出門的同時，開始下雨了。

例 그는 공무원인 동시에 만화가이다.

● track 273

geu.neun/gong.mu.wo.nin/dong.si.e/man.hwa.ga.i.da

他是公務員，同時也是漫畫家。

는 둥 마는 둥

說明

接在動詞後面，表示某一動作似做非做的情況。

例 그는 밥을 먹는 둥 마는 둥 하고 출근했다.

geu.neun/ba.beul/mo*ng.neun/dung/ma.neun/dung/ha.go/chul.geun.he*t.da

他飯要吃不吃的，就去上班了。

例 밖에 비가 올 둥 말 둥 하다.

ba.ge/bi.ga/ol/dung/mal/dung/ha.da

外面的雨要下不下的。

은/는 물론이고

說明

接在名詞或副詞後面，表示「不僅…就連…」。

例 그는 중국어는 물론이고 한국어도 잘 해요.

geu.neun/jung.gu.go*.neun/mul.lo.ni.go/han.gu.go*.do/jal/he*.yo

他不僅會中文，連韓文也很棒。

例 그 사람은 대만에서는 물론이고 전 세계적으로도 아주 유명한 사람입니다.

geu/sa.ra.meun/de*.ma.ne.so*.neun/mul.lo.ni.go/jo*n/se.gye.jo*.geu.ro.do/a.ju/yu.myo*ng.han/sa.ra.mim.ni.da

那個人不只是在台灣，在全世界上也很有名。

는 바람에

說 明

表示因某負面的原因，導致某種不好的影響。通常使用在突然發生了意想不到的事，或發生了自己不能控制的負面狀況。

例 길이 막히는 바람에 약속 시간에 늦었어요.

gi.ri/ma.ki.neun/ba.ra.me/yak.ssok/si.ga.ne/neu.jo*.sso*.yo

因為路上塞車，所以遲到了。

例 버스를 놓치는 바람에 친구를 못 만났어요.

bo*.seu.reul/not.chi.neun/ba.ra.me/chin.gu.reul/mot/man.na.sso*.yo

因為錯過了公車，所以沒見到朋友。

는 통에

說 明

表示前句吵雜、混亂的情況，是後句狀況的原因或根據。

例 옆집에서 부부싸움을 하는 통에 잠을 못 잤어요.

yo*p.jji.be.so*/bu.bu.ssa.u.meul/ha.neun/tong.e/ja.meul/mot/ja.sso*.yo

因為住在隔壁的夫妻吵架，所以睡不好。

例 아이들이 떠드는 통에 일을 잘 못했어요.

a.i.deu.ri/do*.deu.neun/tong.e/i.reul/jjal/mo.te*.sso*.yo

因為孩子吵鬧的關係，事情做的不順。

(ㄴ/는)다면서요

說 明

表示談話者向聽話者再次確認自己知道或聽到的事實。

例 여자친구가 생겼다면서요?

yo*.ja.chin.gu.ga/se*ng.gyo*t.da.myo*n.so*.yo

你說你有女朋友了喔?

例 상을 탔다면서요?

sang.eul/tat.da.myo*n.so*.yo

聽說你得獎了喔?

은/는 커녕

說 明

表示不但否定前句的內容，後句的內容比前面的更差，相當於中文的「別說是…就連…」。動詞後面接「기는 커녕」。

例 시험 공부는 커녕 숙제도 안 해요.
si.ho*m/gong.bu.neun/ko*.nyo*ng/suk.jje.do/an/he*.yo

別說是準備考試了，連作業也沒寫。

例 결혼은 커녕 남자친구도 못 찾았어요.
gyo*l.ho.neun/ko*.nyo*ng/nam.ja.chin.gu.do/mot/cha.ja.sso*.yo

別說是結婚了，連男朋友也沒找到。

(으)니까요

說 明

表示「原因」，相當於中文的「因為…」。

例 하나 사세요. 비싸지 않으니까요.
ha.na/sa.se.yo./bi.ssa.ji/a.neu.ni.ga.yo

買一個吧！因為不貴。

例 빨리 집에 갑시다. 자고 싶으니까요.
bal.li/ji.be/gap.ssi.da./ja.go/si.peu.ni.ga.yo

快回家吧！因為想睡覺。

다가

說 明

表示某一動作或狀態進行到一半中途停止，或開始另一動作或狀態。也代表某一動作或狀態維持的過程中，同時開始另一動作或狀態。

例 일을 하다가 전화를 받았어요.

i.reul/ha.da.ga/jo*n.hwa.reul/ba.da.sso*.yo

工作時接到了電話。

例 학교에 가다가 친구를 만났어요.

hak.gyo.e/ga.da.ga/chin.gu.reul/man.na.sso*.yo

去學校的途中，遇到了朋友。

다가는

說 明

表示如果一直持續做某個行為，會出現不好的結果或狀態。

例 계속 그렇게 술을 마시다가는 건강이 나빠질 거야.

gye.sok/geu.ro*.ke/su.reul/ma.si.da.ga.neun/go*n.gang.i/na.ba.jil/go*.ya

繼續像那樣一直喝酒的話，健康會變差。

例 이렇게 천천히 걷다가는 약속 시간에 늦
겠어요.

i.ro*.ke/cho*n.cho*n.hi/go*t.da.ga.neun/yak.ssok/
si.ga.ne/neut.ge.sso*.yo

如果一直這樣慢慢走的話，約會會遲到。

았/었/였다가

說 明

表示某一動作完成之後，開始進行另一動作，或某一
動作完成之後，在維持其狀態之下，進行另一個動
作。

例 학교에 갔다가 돌아왔습니다.

hak.gyo.e/gat.da.ga/do.ra.wat.sseum.ni.da

去了學校，又回來了。

例 그림을 그렸다가 지웠어요.

geu.ri.meul/geu.ryo*t.da.ga/ji.wo.sso*.yo

畫好圖後，又擦掉了。

다시피

說明

與「알다」、「보다」、「듣다」等動詞結合再一起使用，表示如同聽者所知道的一樣，相當於中文的「正如…／如同…」。

例 아시다시피 이번 투자도 실패했어요.

a.si.da.si.pi/i.bo*n/tu.ja.do/sil.pe*.he*.sso*.yo

如同你也知道的，這次的投資又失敗了。

例 보시다시피, 일이 너무 많아서 바빠 죽겠어요.

bo.si.da.si.pi/i.ri/no*.mu/ma.na.so*/ba.ba/juk.ge.sso*.yo

如同你所見，事情多到忙死了。

더군요/더라

說明

表示談話者回想過去曾經看過、聽過、感覺過的事情。通常主語不會使用第一人稱。

例 한강은 경치가 참 좋더군요(좋더라).

han.gang.eun/gyo*ng.chi.ga/cham/jo.to*.gu.nyo

漢江的風景真美。

例 형 생일 파티에 친구들이 많이 왔더군요(왔더라).

hyo*ng/se*ng.il/pa.ti.e/chin.gu.deu.ri/ma.ni/wat.
do*.gu.nyo

哥哥的生日派對來了很多朋友。

더니

說明

表示後面出現了與談話者過去看到或聽到的事實相反
的情況。

例 옛날에는 뚱뚱하더니 지금은 날씬해졌
네요.

yen.na.re.neun/dung.dung.ha.do*.ni/ji.geu.meun/
nal.ssin.he*.jo*n.ne.yo

以前還很胖，現在變苗條了耶！

例 아침에는 날씨가 춥더니 지금은 더워요.

a.chi.me.neun/nal.ssi.ga/chup.do*.ni/ji.geu.meun/
do*.wo.yo

早上還很冷，現在卻很熱。

더라고요

說 明

> 表示談話者回想過去自己所聽到、看到或感覺到的事情，也帶有「強調」之意。

例 여자친구와 영화를 봤는데 재미있더라고요.

yo*.ja.chin.gu.wa/yo*ng.hwa.reul/bwan.neun.de/je*.mi.it.do*.ra.go.yo

和女朋友看了電影，還蠻有趣的。

例 준수씨가 노래를 잘 부르더라고요.

jun.su.ssi.ga/no.re*.reul/jjal/bu.reu.do*.ra.go.yo

俊秀歌唱得很好。

더라도

說 明

> 表示假定或讓步，相當於中文的「即使⋯／就算⋯」。

例 단어 뜻을 모르더라도 전체적인 내용은 이해할 수 있어요.

da.no*/deu.seul/mo.reu.do*.ra.do/jo*n.che.jo*.gin/ne*.yong.eun/i.he*.hal/su/i.sso*.yo

即使不知道單字的意思，仍可以理解整體的內容。

• track 282

⑩ 이번에 결과가 좋지 않더라도 너무 실
망하지 마세요.

i.bo*.ne/gyo*l.gwa.ga/jo.chi/an.to*.ra.do/no*.mu/
sil.mang.ha.ji/ma.se.yo

即使這次的結果不理想，也請不要太失望。

- -

았/었/였더라면

說 明

做與過去事實相反的假設，表示自己認為惋惜或後悔
的事。

⑩ 일찍 일어났더라면 아침을 먹을 수 있
었을 텐데.

il.jjik/i.ro*.nat.do*.ra.myo*n/a.chi.meul/mo*.geul/
ssu/i.sso*.sseul/ten.de

如果早一點起床的話，就可以吃到早餐了。

- -

⑩ 친구가 도와 주지 않았더라면 힘들었을
거예요.

chin.gu.ga/do.wa/ju.ji/a.nat.do*.ra.myo*n/him.
deu.ro*.sseul/go*.ye.yo

如果朋友沒有幫助我的話，會很辛苦吧！

- -

던

說明

表示談話者回想主語過去動作的進行，因為動作的進行不代表動作的結束，所以有「未完成」的意涵。另外，也表示談話者回想主語過去習慣性或反覆常做的事物。

例 이것은 제가 마시던 커피예요.

i.go*.seun/je.ga/ma.si.do*n/ko*.pi.ye.yo

這是我喝的咖啡。

例 이 옷은 어릴 때 자주 입던 옷이에요.

i/o.seun/o*.ril/de*/ja.ju/ip.do*n/o.si.e.yo

這衣服是小時候常穿的衣服。

았/었/였던

說明

表示談話者回想過去所完成的動作。

例 지난 주에 만났던 사람을 오늘 아침에 봤어요.

ji.nan/ju.e/man.nat.do*n/sa.ra.meul/o.neul/a.chi.me/bwa.sso*.yo

今天早上看到上星期曾經見過面的人。

例 여기는 준수씨 교통 사고가 났던 곳이에요.

yo*.gi.neun/jun.su.ssi/gyo.tong/sa.go.ga/nat.do*n/
go.si.e.yo

這裡是俊秀發生車禍的地方。

던걸

說 明

表談話者一邊回想過去的事，同時發現了新的事實，
或表示對過去的事抱有遺憾或婉惜的想法。

例 그 아이가 영어를 정말 잘하던걸요.

geu/a.i.ga/yo*ng.o*.reul/jjo*ng.mal/jjal.ha.do*n.
go*.ryo

那孩子的英文講得真好。

例 여기 저기 알아보니까 그런 사람이 없
던걸요.

yo*.gi/jo*.gi/a.ra.bo.ni.ga/geu.ro*n/sa.ra.mi/o*p.
do*n.go*.ryo

到處打聽，發現沒有那樣的人。

던데

說明

表示談話者回想與過去相關的情況，通常後面會出現疑問、勸誘、命令等句型。

例 아이가 아픈 것 같던데 병원에 가 봤어요?

a.i.ga/a.peun/go*t/gat.do*n.de/byo*ng.wo.ne/ga/bwa.sso*.yo

孩子好像病了，去過醫院了嗎？

例 어떤 남자하고 산책하던데 그 사람 소개해 주세요.

o*.do*n/nam.ja.ha.go/san.che*.ka.do*n.de/geu/sa.ram/so.ge*.he*/ju.se.yo

看到你和某位男子一起散步，請將那位介紹給我。

도록

說明

表示前面的內容是後面行為的目的，相當於中文的「為了…」。

例 문법 내용을 잊어 버리지 않도록 자주 복습해야 돼요.

mun.bo*p/ne*.yong.eul/i.jo*/bo*.ri.ji/an.to.rok/ja.ju/bok.sseu.pe*.ya/dwe*.yo

為了不忘記文法內容，要經常複習才行。

例 아이가 깨지 않도록 조용히 들어가세요.
a.i.ga/ge*.ji/an.to.rok/jo.yong.hi/deu.ro*.ga.se.yo

為了不吵醒孩子，請安靜地進去。

든지

說明

表示兩種選項中選擇一種，或表示無論選擇哪種選項都無所謂。相當於中文的「或者…」、「無論…」。

例 밥이든지 커피든지 아무거나 드세요.
ba.bi.deun.ji/ko*.pi.deun.ji/a.mu.go*.na/deu.se.yo

不管是飯還是咖啡，請盡情享用。

例 내일은 명동에 가든지 동대문시장에 갈 거예요.
ne*.i.reun/myo*ng.dong.e/ga.deun.ji/dong.de*.mun.si.jang.e/gal/go*.ye.yo

明天打算去明洞或東大門市場。

(으)ㄹ 것이 아니라

說 明

表示「轉折」，先否定前句的內容後，再提出與前句相反或不同的內容。

例 여기서 이야기할 것이 아니라 커피숍에서 얘기합시다.

yo*.gi.so*/i.ya.gi.hal/go*.si/a.ni.ra/ko*.pi.syo.be.so*/ye*.gi.hap.ssi.da

不要在這裡講，去咖啡廳裡講吧！

例 지금 집에 있을 것이 아니라 우리 나가서 찾아요.

ji.geum/ji.be/i.sseul/go*.si/a.ni.ra/u.ri/na.ga.so*/cha.ja.yo

現在不該待在家裡，我們出去找吧！

(으)ㄹ 리가 없다

說 明

表示談話者認為後句的情況不可能發生。

例 그만큼 정직한 사람이 나쁜 짓을 할 리가 없어요.

geu.man.keum/jo*ng.ji.kan/sa.ra.mi/na.beun/ji.seul/hal/ri.ga/o*p.sso*.yo

那樣正直的人，不可能會做壞事。

例 시간이 많이 남아서 늦을 리가 없습니다.
si.ga.ni/ma.ni/na.ma.so*/neu.jeul/ri.ga/o*p.sseum.
ni.da

還剩下很多時間，不可能會遲到。

- -

(으)ㄹ 만하다

說 明

表示動作或狀態到達某一水準，或表有那樣去做的價值在。

例 조금 맵지만 먹을 만해요.
jo.geum/me*p.jji.man/mo*.geul/man.he*.yo

雖然有點辣，但還不錯吃。

- -

例 이 노래를 들어 봤는데 들을 만 해요.
i/no.re*.reul/deu.ro*/bwan.neun.de/deu.reul/man/
he*.yo

我聽過這首歌，值得去聽看看。

- -

(으)ㄹ 뻔하다

說 明

表示「險些…/差點…」之意。

例 남에게 물어 보지 않았더라면 실수할 뻔
했어요.

na.me.ge/mu.ro*/bo.ji/a.nat.do*.ra.myo*n/sil.su.
hal/bo*n.he*.sso*.yo

如果沒問別人的話，差點就要失誤了。

例 제가 휴대폰을 떨어뜨릴 뻔했어요.

je.ga/hyu.de*.po.neul/do*.ro*.deu.ril/bo*n.he*.
sso*.yo

我險些把手機弄掉。

(으)ㄹ 뿐만 아니라

說 明

表示「不但…而且…」之意，也可以與았/었/였過去
式一起使用。

例 배탈이 났을 뿐만 아니라 머리도 아파
서 지각했어요.

be*.ta.ri/na.sseul/bun.man/a.ni.ra/mo*.ri.do/a.pa.
so*/ji.ga.ke*.sso*.yo

不只是拉肚子頭也很痛，所以遲到了

⑩ 우리 아이는 고기를 잘 먹을 뿐만 아니
라 과일도 잘 먹어요.

u.ri/a.i.neun/go.gi.reul/jjal/mo*.geul/bun.man/a.ni.ra/gwa.il.do/jal/mo*.go*.yo

我家孩子不只愛吃肉，水果也很愛吃。

(으)ㄹ 뿐이다

說 明

表示「只是⋯而已／只不過⋯」之意。

⑩ 내 마음을 이해해 주기를 바랄 뿐이다.

ne*/ma.eu.meul/i.he*.he*/ju.gi.reul/ba.ral/bu.ni.da

我只是希望你能了解我的心而已。

⑩ 제가 생각나는 것은 그 사람 이름뿐이
에요.

je.ga/se*ng.gang.na.neun/go*.seun/geu/sa.ram/i.reum.bu.ni.e.yo

我想到的只是那個人的名字而已。

(으)ㄹ 수도 있다

說 明

表示存在發生某事的可能性。

例 물은 배를 띄울 수도 있지만 뒤집을 수도 있다.

mu.reun/be*.reul/di.ul/su.do/it.jji.man/dwi.ji.beul/ssu.do/it.da

水能載舟，亦能覆舟。

例 운전할 때 옆에 앉은 사람과 이야기하면 사고가 날 수도 있어요.

un.jo*n.hal/de*/yo*.pe/an.jeun/sa.ram.gwa/i.ya.gi.ha.myo*n/sa.go.ga/nal/ssu.do/i.sso*.yo

開車時，如果和坐在旁邊的人聊天，可能會發生車禍。

(으)ㄹ 수밖에 없다

說 明

表示沒有其他辦法，相當於中文的「不得不…」、「只能…」。

例 그 회의에 참석할 수밖에 없다.

geu/hwe.ui.e/cham.so*.kal/ssu.ba.ge/o*p.da

不得不參加那個會議。

例 중고품이라서 싸게 팔 수밖에 없었어요.
jung.go.pu.mi.ra.so*/ssa.ge/pal/ssu.ba.ge/o*p.
sso*.sso*.yo

因為是中古貨，只能夠賣得很便宜。

(으)ㄹ 적(에)

說 明

表示某行為或狀態的持續的時候，相當於中文的「…
的時候」。

例 도움이 필요할 적에 저한테 연락하세요.
do.u.mi/pi.ryo.hal/jjo*.ge/jo*.han.te/yo*l.la.ka.se.
yo

需要幫助的時候，請聯絡我。

例 한국에 갔을 적에 친구를 만났어요.
han.gu.ge/ga.sseul/jjo*.ge/chin.gu.reul/man.na.
sso*.yo

去韓國的時候，和朋友見面了。

(으)ㄹ 정도로

說 明

表示誇張的說法（只有一部分為事實，一部分為虛構）。

例 밥도 못 먹을 정도로 바빠요.

bap.do/mot/mo*.geul/jjo*ng.do.ro/ba.ba.yo

忙到連飯都沒辦法吃。

例 너무 배가 고파서 쓰러질 정도예요.

no*.mu/be*.ga/go.pa.so*/sseu.ro*.jil/jo*ng.do.ye.yo

肚子餓到快暈倒了。

(으)ㄹ지 모르겠다

說 明

表示不清楚未來發生的某一情況，只能推測。

例 일을 잘 해낼지 모르겠습니다.

i.reul/jjal/he*.ne*l.ji/mo.reu.get.sseum.ni.da

不知道事情否能解決。

例 그가 무사히 도착할지 모르겠어요.

geu.ga/mu.sa.hi/do.cha.kal.jji/mo.reu.ge.sso*.yo

不知道到他是否能平安抵達。

는/(으)ㄴ지 모르겠다

說 明

表示不清楚某一情況，相當於中文的「不知道…」。

⑩ 케이크를 만들었는데 맛이 있는지 모르겠어요.

ke.i.keu.reul/man.deu.ro*n.neun.de/ma.si/in.neun.
ji/mo.reu.ge.sso*.yo

做了蛋糕，但不知道好不好吃。

----

⑩ 그는 회사에 안 왔는데 무슨 일이 있는지 모르겠어요.

geu.neun/hwe.sa.e/an/wan.neun.de/mu.seun/i.ri/in.
neun.ji/mo.reu.ge.sso*.yo

他沒來公司，不知道是否出了什麼事情。

(으)ㄹ 테니까

說 明

若主語是第一人稱，表示話者的打算、意圖，同時也帶有說話者的意志；若主語非第一人稱時，則帶有推測的意涵。

⑩ 제가 설명할 테니까 잘 들으세요.

je.ga/so*l.myo*ng.hal/te.ni.ga/jal/deu.reu.se.yo

我來做說明，你仔細聽。

例 오늘 비가 올 테니까 우산을 준비하세요.

o.neul/bi.ga/ol/te.ni.ga/u.sa.neul/jjun.bi.ha.se.yo

今天會下雨，請準備好雨傘。

(으)ㄹ 텐데

說 明

表示先推測前面的內容，再進行敘述或詢問。

例 내일 시간이 없을 텐데 오늘 만날까요?

ne*.il/si.ga.ni/o*p.sseul/ten.de/o.neul/man.nal.ga.
yo

明天可能沒有時間，要不要今天見面？

例 백화점은 비쌀 텐데 동대문시장에 갑시
다.

be*.kwa.jo*.meun/bi.ssal/ten.de/dong.de*.mun.si.
jang.e/gap.ssi.da

百貨公司應該很貴，我們去東大門市場吧！

(으)ㄹ 필요(가) 없다 /있다

說明

接在動詞後面，表示有無必要去做某事。

例 주말에 학교에 갈 필요가 없다.
ju.ma.re/hak.gyo.e/gal/pi.ryo.ga/o*p.da
週末不需要去學校。

例 일이 너무 어려워서 다른 사람에게 물어 볼 필요가 있다.
i.ri/no*.mu/o*.ryo*.wo.so*/da.reun/sa.ra.me.ge/mu.ro*/bol/pi.ryo.ga/it.da
事情太難了，需要請教別人。

(으)ㄹ걸 (그랬다)

說明

表示談話者對過去做的事情感到後悔或惋惜。

例 시험 성적이 안 좋은데, 열심히 공부할걸.
si.ho*m/so*ng.jo*.gi/an/jo.eun.de,/yo*l.sim.hi/gong.bu.hal.go*1
考試成績很差，早知道就認真讀書了。

例 이렇게 차가 많이 막힐 줄 알았더라면 일찍 출발할걸 그랬어요.

i.ro*.ke/cha.ga/ma.ni/ma.kil/jul/a.rat.do*.ra.myo*
n/il.jjik/chul.bal.hal.go*l/geu.re*.sso*.yo

要是知道會像這樣大塞車，我就早點出發了。

(으)ㄹ 겸

說 明

表示同時兼做兩件事情，使用在談話者同時說出兩種
以上的目的時。

例 공부도 할 겸 친구도 만날 겸 해서 한
국에 왔어요.

gong.bu.do/hal/gyo*m/chin.gu.do/man.nal/gyo*m/
he*.so*/han.gu.ge/wa.sso*.yo

因為既可以學習，又可以見朋友，所以才來韓國。

例 살도 뺄 겸 건강도 지킬 겸 운동을 해요.

sal.do/be*l/gyo*m/go*n.gang.do/ji.kil/gyo*m/un.
dong.eul/he*.yo

運動既可以減肥，又能維持健康。

(으)ㄹ까 봐(서)

說 明

表示擔心發生某事,相當於中文的「擔心…／怕…」。

⑩ 수업 시간에 졸까 봐 커피를 마셨어요.

su.o*p/si.ga.ne/jol.ga/bwa/ko*.pi.reul/ma.syo*.sso*.yo

怕在上課時間打瞌睡,所以喝了咖啡。

---

⑩ 약속 시간에 늦을까 봐 걱정이 돼요.

yak.ssok/si.ga.ne/neu.jeul.ga/bwa/go*k.jjo*ng.i/dwe*.yo

擔心約會遲到。

(으)ㄹ까 하다

說 明

表示談話者想做的事,但與「(으)려고 하다」或「(으)ㄹ 것이다」相比,實際去實現的可能性較小。

⑩ 같이 밥을 먹을까 하는데 어때요?

ga.chi/ba.beul/mo*.geul.ga/ha.neun.de/o*.de*.yo

想一起去吃飯,如何呢?

---

⑩ 지난 주말에 여행을 갈까 했어요. 하지만 일을 하느라고 못 갔어요.

ji.nan/ju.ma.re/yo*.he*ng.eul/gal.ga/he*.sso*.yo//ha.ji.man/i.reul/ha.neu.ra.go/mot/ga.sso*.yo

上個周末本來想去旅行的,但因為工作沒辦法去。

(으)ㄹ락 말락 하다

說 明

表示動作快要完成卻沒有完成。

例 동생은 말을 할락 말락 망설이다가 그 만 뒀어요.

dong.se*ng.eun/ma.reul/hal.lak/mal.lak/mang.so*. ri.da.ga/geu.man/dwo.sso*.yo

弟弟話要說不說地猶豫了一會，最後就不說了。

例 잠이 겨우 들락 말락 하는데 전화가 왔 어요.

ja.mi/gyo*.u/deul.lak/mal.lak/ha.neun.de/jo*n. hwa.ga/wa.sso*.yo

好不容易要睡著了，電話卻響了。

(으)ㄹ래야

說 明

表示談話者想做某事，卻做不到。

例 같이 일하는 사람을 찾을래야 찾을 수 가 없습니다.

ga.chi/il.ha.neun/sa.ra.meul/cha.jeul.le*.ya/cha. jeul/ssu.ga/o*p.sseum.ni.da

想找一起做事的人，卻找不到。

例 빨리 회사에 갈래야 도저히 빨리 갈 수
가 없습니다.

bal.li/hwe.sa.e/gal.le*.ya/do.jo*.hi/bal.li/gal/ssu.
ga/o*p.sseum.ni.da

想快點去公司，卻無法快點抵達。

(으)ㄹ수록

說明

接在動詞、形容詞或이다後面，表示「越來越…」。

例 노력하면 노력할수록 실력이 좋아집니다.

no.ryo*.ka.myo*n/no.ryo*.kal.ssu.rok/sil.lyo*.gi/
jo.a.jim.ni.da

越是努力，實力越好。

例 생각할 수록 화가 나서 참을 수 없었다.

se*ng.ga.kal/ssu.rok/hwa.ga/na.so*/cha.meul/ssu.
o*p.sso*t.da

越想越生氣，實在是無法忍受。

(으)ㄹ지도 모르다

說 明

表示對前句內容的推測。相當於中文的「也許⋯」、「搞不好⋯／說不定⋯」。

例 아마 그럴 지도 모른다.

a.ma/geu.ro*l/ji.do/mo.reun.da

也許是那樣吧!

例 다시 그 가게에 돌아가 보자. 신용카드를 찾아낼지도 모르니까.

da.si/geu/ga.ge.e/do.ra.ga/bo.ja//si.nyong.ka.deu. reul/cha.ja.ne*l.ji.do/mo.reu.ni.ga

再回去那家店吧!也許可以找到信用卡。

(이)라도

說 明

表示雖然不滿意,但還是可以接受的選項。

例 볼펜이 없으면 연필이라도 좀 빌려 주세요.

bol.pe.ni/o*p.sseu.myo*n/yo*n.pi.ri.ra.do/jom/bil. lyo*/ju.se.yo

如果沒有原子筆的話,就借我鉛筆。

例 집이 너무 멀어서 중고차라도 한 대 사야겠어요.

ji.bi/no*.mu/mo*.ro*.so*/jung.go.cha.ra.do/han/
de*/sa.ya.ge.sso*.yo

家裡太遠了，至少該買一輛中古車才對。

(이)라면

說 明

表示假定前面的事實或狀況，是對未來的假設（通常
發生的可能性小）。

例 내일부터 방학이라면 고향에 돌아갈 거
예요.

ne*.il.bu.to*/bang.ha.gi.ra.myo*n/go.hyang.e/do.
ra.gal/go*.ye.yo

如果明天開始就是放假的話，我會回鄉下。

例 제가 부자라면 멋있는 스포츠카를 사고
싶어요.

je.ga/bu.ja.ra.myo*n/mo*.sin.neun/seu.po.cheu.ka.
reul/ssa.go/si.po*.yo

如果我是有錢人，我想買帥氣的跑車。

(이)란

說 明

表示強調，主要使用在「下定義」的時候。

例 진리란 무엇인가?

jil.li.ran/mu.o*.sin.ga

真理是什麼？

例 운명이란 태어나서부터 이미 결정된 것
이다.

un.myo*ng.i.ran/te*.o*.na.so*.bu.to*/i.mi/gyo*l.
jo*ng.dwen/go*.si.da

命運是從一出生就已經決定好的。

려다가

說 明

表示原本打算要做的事情中途停止，轉而去做後句的
行為。

例 커피를 마시려다가 코코아 우유를 주문
했어요.

ko*.pi.reul/ma.si.ryo*.da.ga/ko.ko.a/u.yu.reul/jju.
mun.he*.sso*.yo

本來想喝咖啡，後來點了巧克力牛奶。

例 편지를 쓰려다가 귀찮아서 전화만 걸었
어요.

pyo*n.ji.reul/sseu.ryo*.da.ga/gwi.cha.na.so*/jo*n.
hwa.man/go*.ro*.sso*.yo

本來想寫信，因為嫌麻煩只打了電話。

(으)려던 참이다

說明

表示談話者正要去某事的時候。

Ⓐ 제가 추천한 영화 봤어요?

je.ga/chu.cho*n.han/yo*ng.hwa/bwa.sso*.yo

我推薦的電影，你看過了嗎？

Ⓑ 그렇지 않아도 이번 주말에 보려던 참이에요.

geu.ro*.chi/a.na.do/i.bo*n/ju.ma.re/bo.ryo*.do*n/
cha.mi.e.yo

就算你不講，我也打算在這週末去看。

Ⓐ 우체국에 가는데 뭐 부탁할거 있어요?

u.che.gu.ge/ga.neun.de/mwo/bu.ta.kal/go*/i.sso*.
yo

我要去郵局，你有要拜託的事嗎？

Ⓑ 소포를 부치려던 참이었는데 잘 됐네요.

so.po.reul/bu.chi.ryo*.do*n/cha.mi.o*n.neun.de/
jal/dwe*n.ne.yo

太好了，我正好要寄包裹。

(으)려면

說 明

表示假定的意圖，相當於中文的「如果想…的話」。

例 건강해지려면 운동을 해야 합니다.

go*n.gang.he*.ji.ryo*.myo*n/un.dong.eul/he*.ya/
ham.ni.da

想變健康的話，必須要運動。

- -

例 말하기 실력이 늘려면 많이 연습해야 합니다.

mal.ha.gi/sil.lyo*.gi/neul.lyo*.myo*n/ma.ni/yo*n.
seu.pe*.ya/ham.ni.da

如果想增進口說能力，就必須多練習。

(으)로 인해서

說 明

表示原因的對象，大部分為負面的原因。通常使用在新聞、報紙等地方。

例 지진으로 인해서 집이 무너졌어요.

ji.ji.neu.ro/in.he*.so*/ji.bi/mu.no*.jo*.sso*.yo

因為地震，導致房屋倒塌。

- -

例 담배 값 인상으로 인해 금연하는 사람이 늘고 있습니다.

dam.be*/gap/in.sang.eu.ro/in.he*/geu.myo*n.ha.

neun/sa.ra.mi/neul.go/it.sseum.ni.da

因為香菸價格的調漲，讓戒菸的人持續增加。

(으)로서

說 明

表示身分、地位或資格，相當於中文的「作為…」。

例 저는 팀장으로서 그 연구회의에 참가했
어요.

jo*.neun/tim.jang.eu.ro.so*/geu/yo*n.gu.hwe.ui.e/
cham.ga.he*.sso*.yo

我作為隊長，參加了那個研究會。

例 이건 대통령으로서 있을 수 없는 행위
이다.

i.go*n/de*.tong.nyo*ng.eu.ro.so*/i.sseul/ssu/o*m.
neun/he*ng.wi.i.da

這是身為總統不應該有的行為。

(으)로써

說 明

表示方法、手段或工具，相當於中文的「利用…」、「透過…」。

例 독서로써 지식을 넓힐 수 있습니다.

dok.sso*.ro.sso*/ji.si.geul/no*p.hil/su/it.sseum.ni. da

可以藉由讀書來增廣知識。

例 여기 아름다운 풍경은 말로써 표현할 수 가 없습니다.

yo*.gi/a.reum.da.un/pung.gyo*ng.eun/mal.lo.sso*/ pyo.hyo*n.hal/ssu.ga/o*p.sseum.ni.da

這裡美麗的風景無法用言語來表達。

을/를 비롯한

說 明

表示「包括…在內」或「以…為首」。

例 귤을 비롯한 사과, 바나나, 포도 등의 과 일.

gyu.reul/bi.ro.tan/sa.gwa/ba.na.na/po.do/deung.ui/ gwa.il

包括橘子在內的蘋果、香蕉、葡萄等水果。

• track 038

㉾사장을 비롯한 전체 직원.

sa.jang.eul/bi.ro.tan/jo*n.che/ji.gwon

以社長為首的全體員工。

을/를 통해서

說 明

表示透過某種手段、過程或經驗，相當於中文的「透過…／經由…」。

㉾여행사 홈페이지를 통해서 비행기표를 예약했어요.

yo*.he*ng.sa/hom.pe.i.ji.reul/tong.he*.so*/bi.he*ng.gi.pyo.reul/ye.ya.ke*.sso*.yo

透過旅行社的網頁訂機票。

㉾광고를 통해서 그 상품에 대해 알았어요.

gwang.go.reul/tong.he*.so*/geu/sang.pu.me/de*.he*/a.ra.sso*.yo

經由廣告了解那樣產品。

마저

說 明

表示最後一個選項，與否定的內容一起使用，相當於中文的「連…也…」。

例 그 친구마저 저를 배신했어요.
geu/chin.gu.ma.jo*/jo*.reul/be*.sin.he*.sso*.yo
連那位朋友也背叛我了。

例 시험마저 망쳤어요.
si.ho*m.ma.jo*/mang.cho*.sso*.yo
連考試也搞砸了。

말고

說 明

表示拒絕或否定前面的事物，相當於中文的「除了…還…」、「不是…而是…」。

例 이것말고 다른 종류는 없나요?
i.go*n.mal.go/da.reun/jong.nyu.neun/o*m.na.yo
除了這個，還有別的種類嗎？

例 밥말고 국수가 있어요?
bam.mal.go/guk.ssu.ga/i.sso*.yo
不要飯，有麵嗎？

(으)며

說 明

表示「並列」，一般使用在新聞、報紙或發表的時候，在一般的口語中，使用「고」即可。名詞後面要接「이며」。

例 여름 날씨는 더우며 비가 많습니다.

yo*.reum/nal.ssi.neun/do*.u.myo*/bi.ga/man.sseum.ni.da

夏天的天氣又熱雨又多。

例 그는 가수이며 배우입니다.

geu.neun/ga.su.i.myo*/be*.u.im.ni.da

他是歌手，也是演員。

(으)면서도

說 明

表示同時出現兩種互相對立的行為或狀態，或兩種狀態同時存在。

例 이 가방이 가격이 비싸면서도 질이 나빠요.

i/ga.bang.i/ga.gyo*.gi/bi.ssa.myo*n.so*.do/ji.ri/na.ba.yo

這個包包價格昂貴，品質卻不好。

例 그는 선생님이면서도 학생입니다.

geu.neun/so*n.se*ng.ni.mi.myo*n.so*.do/hak.sse*
ng.im.ni.da

他是老師，同時也是學生。

(으)므로

說 明

表示前句會成為後句的原因或理由等的條件，通常使用在新聞、報紙、論文或發表等的場合。名詞後面接「(이)므로」。

例 기온이 낮으므로 긴 소매 옷을 준비해야 합니다.

gi.o.ni/na.jeu.meu.ro/gin/so.me*/o.seul/jjun.bi.
he*.ya/ham.ni.da

因為氣溫低，所以必須準備長袖的衣服。

例 우수한 학생이므로 상을 드립니다.

u.su.han/hak.sse*ng.i.meu.ro/sang.eul/deu.rim.ni.
da

因為是優秀的學生，所以頒獎給他。

보고/더러

說明

接在人物的名詞後面，表示行動直接影響的對象，一般後面只能使用間接引用句。

⑩ 부모님께서 저보고 열심히 공부하라고 하셨어요.

bu.mo.nim.ge.so*/jo*.bo.go/yo*l.sim.hi/gong.bu. ha.ra.go/ha.syo*.sso*.yo

父母親對我說要用功讀書。

⑩ 친구가 저더러 점심을 먹었냐고 했어요.

chin.gu.ga/jo*.do*.ro*/jo*m.si.meul/mo*.go*n. nya.go/he*.sso*.yo

朋友問我吃過午餐了沒？

아/어/여 가다

說明

接在動詞後面，表示「從現在到未來」。

⑩ 처음부터 하나씩 배워 가겠습니다.

cho*.eum.bu.to*/ha.na.ssik/be*.wo/ga.get.sseum.ni.da

我會從頭一點一點開始學習。

⑩ 살아 온 날보다 살아 갈 날들이 더 많아요.

sa.ra.on/nal.bo.da/sa.ra/gal/nal.deu.ri/do*/ma.na.yo

比起活過來的日子，接著要活下去的日子更長。

아/어/여 가지고

說 明

為慣用型，表示某一動作結束後，其狀態的維持，也可以表示「原因」。

例 추워 가지고 코트를 입었어요.

chu.wo/ga.ji.go/ko.teu.reul/i.bo*.sso*.yo

因為很冷，所以穿外套。

例 선물을 사 가지고 친구에게 주었어요.

so*n.mu.reul/ssa/ga.ji.go/chin.gu.e.ge/ju.o*.sso*.yo

買禮物送給朋友了。

아/어/여 내다

說 明

接在動詞後面，表示終於結束某件事情。

例 우리는 그 사람이 사는 주소를 찾아 냈습니다.

u.ri.neun/geu/sa.ra.mi/sa.neun/ju.so.reul/cha.ja/ne*t.sseum.ni.da

我們終於找到那個人住的地址。

例 가난한 생활의 어려움을 잘 참아 냈어요.

ga.nan.han/se*ng.hwa.rui/o*.ryo*.u.meul/jjal/cha.ma/ne*.sso*.yo

終於捱過了貧窮日子的痛苦。

아/어/여 놓다

說 明

表示某一行動結束之後，其狀態繼續維持下去。另外，也表示預先的準備。

例 음식을 차려 놓고 손님들이 도착하기를 기다렸다.

eum.si.geul/cha.ryo*/no.ko/son.nim.deu.ri/do.cha.ka.gi.reul/gi.da.ryo*t.da

準備好食物，等待客人的抵達。

例 일본에 가기 전에 미리 비행기표를 예약해 놓았어요.

il.bo.ne/ga.gi/jo*.ne/mi.ri/bi.he*ng.gi.pyo.reul/ye.ya.ke*/no.a.sso*.yo

去日本之前，先訂好飛機票。

아/어/여 대다

說 明

接在動詞後面，表示動作的反覆。

例 여기는 언제나 사람들이 북적대요.

yo*.gi.neun/o*n.je.na/sa.ram.deu.ri/buk.jjo*k.de*.yo

這裡無論何時都是人擠人的。

例 동생이 계속 간식을 먹어 대서 체중이
많이 늘었다.

dong.se*ng.i/gye.sok/gan.si.geul/mo*.go*/de*.so*
/che.jung.i/ma.ni/neu.ro*t.da

弟弟一直不停在吃零食，所以體重增加很多。

아/어/여 두다

說 明

表示某一行動結束之後，其狀態繼續維持下去。另
外，也表示預先的準備。

例 책을 책상 위에 놓아 두고 학교에 왔어
요.

che*.geul/che*k.ssang/wi.e/no.a/du.go/hak.gyo.e/
wa.sso*.yo

把書放在書桌上，就來學校了。

例 그 친구 연락처를 적어 두셨어요?

geu/chin.gu/yo*l.lak.cho*.reul/jjo*.go*/du.syo*.
sso*.yo

您寫好那位朋友的聯絡方式了嗎？

아/어/여 버리다

說 明

表示可惜或難過之意。另外，也表示動作的徹底結束。

例 한마디 인사도 없이 친구가 가 버렸어요.

han.ma.di/in.sa.do/o*p.ssi/chin.gu.ga/ga/bo*.ryo*.sso*.yo

朋友連一句招呼話也沒有就走了。

例 월급이 너무 적어서 일을 그만 둬 버렸어요.

wol.geu.bi/no*.mu/jo*.go*.so*/i.reul/geu.man/dwo/bo*.ryo*.sso*.yo

因為薪水太少，所以辭掉工作了。

아/어/여 보이다

說 明

表示感覺到或看到的想法，相當於中文的「看起來…」、「感覺起來…」。

例 그 사람은 무척 얌전해 보였습니다.

geu/sa.ra.meun/mu.cho*k/yam.jo*n.he*/bo.yo*t.sseum.ni.da

那個人看來非常文靜。

例 어제 늦게 잤어요? 피곤해 보인다.

o*.je/neut.ge/ja.sso*.yo//pi.gon.he*/bo.in.da

昨天晚睡了嗎？看起來很疲倦。

아/어/여 봤자

說 明

表示即使做了前句的行為，也不會影響到後句的行為
或狀況。相當於中文的「即使…」。

例 읽어 봤자 무슨 내용인지 모릅니다.

il.go*/bwat.jja/mu.seun/ne*.yong.in.ji/mo.reum.ni.
da

就算讀了，也不知道是什麼內容。

例 거기에 가 봤자 주인이 없으면 무슨 소
용이 있겠어요?

go*.gi.e/ga/bwat.jja/ju.i.ni/o*p.sseu.myo*n/mu.
seun/so.yong.I/it.ge.sso*.yo

就算去了那裡，如果主人不在，又有什麼用呢？

아/어/여 오다

說 明

接在動詞後面，表示「從過去到現在」

例 오개월전부터 한국어를 공부해 왔어요.

o.ge*.wol.jo*n.bu.to*/han.gu.go*.reul/gong.bu.
he*/wa.sso*.yo

從五個月前開始，就一直在學習韓語。

例 작년 삼월부터 그 가수를 좋아해 왔어요.

jang.nyo*n/sa.mwol.bu.to*/geu/ga.su.reul/jjo.a.
he*/wa.sso*.yo

從去年三月開始就一直喜歡那位歌手。

아/어/여 죽겠다

說 明

表示前句的狀態很嚴重，相當於中文的「…死了」。

例 추워 죽겠어요.

chu.wo/juk.ge.sso*.yo

冷死了。

例 바빠 죽겠어요.

ba.ba/juk.ge.sso*.yo

忙死了。

아서요

說明

當終結語尾用，表示原因。

例 오늘 회사에 못 가요. 감기에 걸려서요.
o.neul/hwe.sa.e/mot/ga.yo//gam.gi.e/go*l.lyo*.
so*.yo

今天不能去上班了，因為感冒。

例 미안해. 네 핸드폰을 잃어버려서.
mi.an.he*//ne/he*n.deu.po.neul/i.ro*.bo*.ryo*.so*

對不起，把你的手機弄丟了。

아/어/여야

說明

表示為了實現某種結果，必須要有某種條件。相當於中文的「只有…」、「必須…」。

例 운전 면허증이 있어야 운전할 수 있어요.
un.jo*n/myo*n.ho*.jeung.i/i.sso*.ya/un.jo*n.hal/
ssu/i.sso*.yo

必須要有駕駛執照，才可以開車。

例 디자인이 예뻐야 제품이 잘 팔립니다.
di.ja.i.ni/ye.bo*.ya/je.pu.mi/jal/pal.lim.ni.da

設計要漂亮，產品才會賣得好。

아/어/여야지요

說明

表示勸告他人一定要做某事，或代表某項必要的條件。

例 꼭 제시간에 와야지요.

gok/je.si.ga.ne/wa.ya.ji.yo

一定要準時來才行。

例 가수는 노래를 잘 불러야지요.

ga.su.neun/no.re*.reul/jjal/bul.lo*.ya.ji.yo

歌手一定要會唱歌才行。

았/었/였더니

說明

表示談話者過去的經歷，是後句的結果的原因，必須使用第一人稱當主語。

例 어제 술을 많이 마셨더니 피곤해 죽겠어요.

o*.je/su.reul/ma.ni/ma.syo*t.do*.ni/pi.gon.he*/juk.ge.sso*.yo

昨天酒喝太多，非常疲憊。

例 제가 어제 많이 울었더니 지금은 눈이 부었어요.

je.ga/o*.je/ma.ni/u.ro*t.do*.ni/ji.geu.meun/nu.ni/bu.o*.sso*.yo

昨天大哭一場，現在眼睛腫起來了。

았/었/였으면 하다

說 明

表示希望、期望，也可以使用「았/었/였으면 좋겠다」的句型，相當於中文的「如果…就好了」、「希望…」。

例 원하는 대학교에 입학했으면 좋겠어요.
won.ha.neun/de*.hak.gyo.e/i.pa.ke*.sseu.myo*n/jo.ke.sso*.yo

如果可以進入自己想要的大學，那就太好了。

例 다시 만날 수 있었으면 합니다.
da.si/man.nal/ssu/i.sso*.sseu.myo*n/ham.ni.da

希望可以再次見面。

(이)야말로

說 明

接在名詞或代名詞後面，表示對前面的名詞的強調。

例 비빔밥이야말로 대표적인 한국음식이다.
bi.bim.ba.bi.ya.mal.lo/de*.pyo.jo*.gin/han.gu.geum.si.gi.da

拌飯是代表性的韓國食物。

例 경복궁이야말로 한국의 전통 건축을 대표하는 건물이에요.
gyo*ng.bok.gung.i.ya.mal.lo/han.gu.gui/jo*n.tong/

go*n.chu.geul/de*.pyo.ha.neun/go*n.mu.ri.e.yo

景福宮是代表韓國傳統建築的建築物。

얼마나 –는/(으)
ㄴ지 모르다

說明

表示強調與感嘆，相當於中文的「不知道有多…」、
「真…呀！」。

例 이렇게 도와 줘서 얼마나 고마운지 몰
라요.

i.ro*.ke/do.wa/jwo.so*/o*l.ma.na/go.ma.un.ji/mol.
la.yo

如此幫助我，不知道有多感激你呢！

例 합격 통지서를 받고 얼마나 기뻤는지 몰
라요.

hap.gyo*k/tong.ji.so*.reul/bat.go/o*l.ma.na/gi.bo*
n.neun.ji/mol.la.yo

收到合格通知書後，不知道有多高興呢！

에 달려 있다

說明

表示「決定於…/在於…」，動詞後面接「기에 달려 있다」。

例 담배 끊는 것은 마음 먹기에 달려 있어요.

dam.be*/geun.neun/go*.seun/ma.eum.mo*k.gi.e/
dal.lyo*/i.sso*.yo

戒菸有賴於自己的決心。

例 예술품의 가치는 평가하기에 달려 있다.

ye.sul.pu.mui/ga.chi.neun/pyo*ng.ga.ha.gi.e/dal.
lyo*/it.da

藝術品的價值在於評價。

에 대한/대해서

說明

表示「與前方名詞有關」的意思。

例 제 미래에 대해서 생각해요.

je/mi.re*.e/de*.he*.so*/se*ng.ga.ke*.yo

思考有關自己的未來。

例 한국 문화에 대한 책이에요.

han.guk/mun.hwa.e/de*.han/che*.gi.e.yo

有關韓國文化的書。

에 따라서

說 明

接在名詞後面，表示依據某種條件或情況。

例 비행기표는 날씨에 따라서 가격이 달라
요.

bi.he*ng.gi.pyo.neun/nal.ssi.e/da.ra.so*/ga.gyo*.
gi/dal.la.yo

依照天氣情況的不同，飛機票的價格會不同。

例 같이 이야기하는 사람에 따라서 분위기
가 달아집니다.

ga.chi/i.ya.gi.ha.neun/sa.ra.me/da.ra.so*/bu.nwi.gi.
ga/da.ra.jim.ni.da

依照聊天對象的不同，氣氛也會不同。

에 따르면

說 明

接在名詞後面，表示主張或陳述的依據。

例 교통법에 따르면 오토바이를 타기 전에
헬멧을 써야 한다고 합니다.

gyo.tong.bo*.be/da.reu.myo*n/o.to.ba.i.reul/ta.gi/
jo*.ne/hel.me.seul/sso*.ya/han.da.go/ham.ni.da

按照交通法的規定，騎摩托車之前，必須要戴安
全帽。

例 신문 기사에 따르면 대학생에게 제일 인기 있는 직업은 공무원이라고 합니다.

sin.mun/gi.sa.e/da.reu.myo*n/de*.hak.sse*ng.e.ge/je.il/in.gi/in.neun/ji.go*.beun/gong.mu.wo.ni.ra.go/ham.ni.da

依照新聞報導的說法，對大學生而言最有人氣的職業就是公務員。

에 비해서

說 明

表示比較的對象及基準。

例 비빔밥은 가격에 비해서 맛있어요.

bi.bim.ba.beun/ga.gyo*.ge/bi.he*.so*/ma.si.sso*.yo

與拌飯的價格相比，算很好吃。

例 나이에 비해서 어려 보여요.

na.i.e/bi.he*.so*/o*.ryo*/bo.yo*.yo

與年齡相比，看起來很年輕。

(으)나

說明

表示「轉折」，相當於中文的「但是…／可是…」。

例 가격은 싸나 품질은 안 좋아요.

ga.gyo*.geun/ssa.na/pum.ji.reun/an/jo.a.yo

雖然價格便宜，但品質不好。

例 비가 오나 춥지 않아요.

bi.ga/o.na/chup.jji/a.na.yo

下雨但不冷。

(으)니

說明

表示原因或根據，相當於中文的「因為…／由於
…」。

例 시간이 없으니 빨리 기차역으로 가세요.

si.ga.ni/o*p.sseu.ni/bal.li/gi.cha.yo*.geu.ro/ga.se.
yo

沒有時間了，請快點去火車站。

例 머리가 좀 아프니 오늘 그냥 집에서 쉬
어.

mo*.ri.ga/jom/a.peu.ni/o.neul/geu.nyang/ji.be.so*/
swi.o*

頭有點痛，今天就在家休息吧！

자

說明

表示前面的動作一結束，後面的動作馬上就開始。若接在名詞後面，則表示同時擁有兩種特性。

例 밖에 나가자 비가 내리기 시작했다.
ba.ge/na.ga.ja/bi.ga/ne*.ri.gi/si.ja.ke*t.da
一出門，就開始下雨。

例 그녀는 변호사이자 학자입니다.
geu.nyo*.neun/byo*n.ho.sa.i.ja/hak.jja.im.ni.da
他既是律師又是學者。

자마자

說明

表示前面的動作一結束，馬上出現後面的動作。

例 매일 학교에 오자마자 커피를 마셔요.
me*.il/hak.gyo.e/o.ja.ma.ja/ko*.pi.reul/ma.syo*.yo
每天一來學校，就喝咖啡。

例 밖으로 나가자마자 비가 내리기 시작했어요.
ba.geu.ro/na.ga.ja.ma.ja/bi.ga/ne*.ri.gi/si.ja.ke*.sso*.yo
一到外面，就開始下雨。

잖아요

說 明

使用在說明對方也知道的事實或理由。

Ⓐ 왜 이렇게 옷을 많이 입었어요?

we*/i.ro*.ke/o.seul/ma.ni/i.bo*.sso*.yo

你為什麼穿這麼多衣服呢?

Ⓑ 날씨가 춥잖아요.

nal.ssi.ga/chup.jja.na.yo

天氣很冷嘛!

Ⓐ 그녀는 요즘 정말 날씬해졌어요.

geu.nyo*.neun/yo.jeum/jo*ng.mal/nal.ssin.he*.jo*.sso*.yo

她最近真的變苗條了。

Ⓑ 다이어트를 하고 있잖아요.

da.i.o*.teu.reul/ha.go/it.jja.na.yo

她在減肥嘛!

조차

說 明

表示「就連…／甚至…」，只能使用在否定或消極的情況之下。

例 물 마실 시간조차 없어요.

mul/ma.sil/si.gan.jo.cha/o*p.sso*.yo

連喝水的時間也沒有。

例 눈조차 뜰 수 없을 정도로 피곤해요.

nun.jo.cha/deul/ssu/o*p.sseul/jjo*ng.do.ro/pi.gon.he*.yo

累到連眼睛也睜不開。

중이다

說 明

表示某種動作的進行。如果接動詞，則要使用「는 중이다」。

例 공사중.

gong.sa.jung

施工中。

例 차를 고치는 중이라서 사용할 수 없어요.

cha.reul/go.chi.neun/jung.i.ra.so*/sa.yong.hal/ssu/o*p.sso*.yo

因為正在修車中，所以無法使用。

• track 330

지

說明

表示肯定前句的內容，否定後句的內容，或對後句的內容提出質問。

例 다른 사람에게 부탁하지 왜 직접 하세요?
da.reun/sa.ra.me.ge/bu.ta.ka.ji/we*/jik.jjo*p/ha.se.yo

應該拜託其他人來做，為什麼要自己親自做呢？

例 버스를 타지 왜 걸어 왔어요?
bo*.seu.reul/ta.ji/we*/go*.ro*/wa.sso*.yo

應該搭公車來，為什麼要走路過來呢？

지 않을 수 없다

說明

為雙重否定的用法，其最後意義為「肯定的」。

例 그 물건을 사지 않을 수가 없어요.
geu/mul.go*.neul/ssa.ji/a.neul/ssu.ga/o*p.sso*.yo

不得不買那個物品。

例 소풍을 가지 않는 사람이 없어요.
so.pung.eul/ga.ji/an.neun/sa.ra.mi/o*p.sso*.yo

沒有不去郊遊的人。

치고(는)

說 明

表示全部包括，後句通常使用否定或二重否定來進行強調。「치고는」使用在例外的情況，表示與一般人所認為的情況不同。

例 한국사람치고 춘향전을 모르는 사람은 없다.

han.guk.ssa.ram.chi.go/chun.hyang.jo*.neul/mo.reu.neun/sa.ra.meun/o*p.da

凡是韓國人，沒有人不知道春香傳。

- -

例 초보자치고는 운전을 잘 하네요.

cho.bo.ja.chi.go.neun/un.jo*.neul/jjal/ha.ne.yo

以初學者來說，算是很會開車的。

- -

連日本小學生都會的基礎單字

這些單字連日本小學生都會念

精選日本國小課本單字

附上實用例句

讓您一次掌握閱讀及會話基礎

我的菜日文【快速學會 50 音】

超強中文發音輔助 快速記憶 50 音

最豐富的單字庫 最實用的例句集

日文 50 音立即上手

日本人最想跟你聊的 30 種話題

精選日本人聊天時最常提到的各種話題

了解日本人最想知道什麼

精選情境會話及實用短句

擴充單字及會話語庫

讓您面對各種話題，都能侃侃而談

這句日語你用對了嗎

擺脫中文思考的日文學習方式

列舉台灣人學日文最常混淆的各種用法

讓你用「對」的日文順利溝通

日本人都習慣這麼說

學了好久的日語，卻不知道…

梳頭髮該用哪個動詞？

延長線應該怎麼說？黏呼呼是哪個單字？

當耳邊風該怎麼講？

快翻開這本書，原來日本人都習慣這麼說！

這就是你要的日語文法書

同時掌握動詞變化與句型應用

最淺顯易懂的日語學習捷徑

一本書奠定日語基礎

超實用的商業日文 E-mail

10 分中搞定商業 E-mail

中日對照 E-mail 範本 讓你立即就可應用

日文單字萬用手冊

最實用的單字手冊

生活單字迅速查詢

輕鬆充實日文字彙

不小心就學會日語

最適合初學者的日語文法書

一看就懂得學習方式

循序漸進攻略日語文法

日文單字急救包【業務篇】

小小一本，大大好用

商用單字迅速查詢

輕鬆充實日文字彙

生活日語萬用手冊

~~日語學習更豐富多元~~

生活上常用的單字句子一應俱全

用一本書讓日語學習的必備能力一次到位

你肯定會用到的 500 句日語

出國必備常用短語集！

簡單一句話

解決你的燃眉之急

TOPIK韓檢(中級)必備單字＋文法／雅典韓研所 企編.-- 初版.
--新北市 ： 雅典文化，民100.12
面； 公分. -- （全民學韓語：05）
ISBN⊙978-986-6282-51-5(平裝附光碟片)
1. 韓語 2. 詞彙 3. 語法 4. 能力測驗
803.289   100020930

全民學韓語系列：05

TOPIK 韓檢(中級)必備單字＋文法

企　　編	雅典韓研所
出 版 者	雅典文化事業有限公司
登 記 證	局版北市業字第五七○號
執 行 編 輯	呂欣穎
編 輯 部	22103 新北市汐止區大同路三段 194 號 9 樓之 1
	TEL ／(02)86473663
	FAX ／(02)86473660
法 律 顧 問	中天國際法律事務所 涂成樞律師、周金成律師
總 經 銷	永續圖書有限公司
	22103 新北市汐止區大同路三段 194 號 9 樓之 1
	E-mail: yungjiuh@ms45.hinet.net
	網站：www.foreverbooks.com.tw
	郵撥：18669219
	TEL ／(02)86473663
	FAX ／(02)86473660
出 版 日	2011 年 12 月